AF667203

Die Klassenfahrt der 6c

Von Anja S.x

BOOKS on DEMAND

Vorab

Auf mehrfachen Wunsch ehemaliger und aktueller Klassenkameraden und Klassenkameradinnen meines Sohnes gibt es eine Fortsetzung des Buches „Die Klassenfahrt der 4c".

Leider hat die Erstellung etwas länger gedauert als geplant. Ich bitte dies zu entschuldigen.
Aber die Verspätung wird dem Buch keinesfalls schaden. Auch dieses Mal gibt es viele lustige Begebenheiten. Natürlich wird wieder maßlos übertrieben.
Die Geschichte enthält ein paar wahre Ereignisse, das meiste ist jedoch frei erfunden. Ähnlichkeiten mit lebenden Personen sind rein zufällig

Vielen Dank an Michaela, die mich so tatkräftig unterstützt hat - Lektorat sowie Rechtschreibung/Grammatik.

Viel Spaß beim Lesen.

Eure Anja

Anja S.x

Die Klassenfahrt der 6c

Bibliografische Information der Deutschen Nationalbibliothek:
Die Deutsche Nationalbibliothek verzeichnet diese Publikation in der Deutschen Nationalbibliografie; detaillierte bibliografische Daten sind im Internet über http://dnb.dnb.de abrufbar.

Lektorat: Michaela Z.

Herstellung und Verlag: BoD – Books on Demand, Norderstedt

ISBN: 978-3-7448-00471

Inhalt

Was bisher geschah

Renate stand im Klassenraum und packte nachdenklich ihre Sachen zusammen. Es war spät geworden – 21 Uhr. Die Elternversammlung hatte länger gedauert als erwartet aufgrund einer hitzigen Diskussion wegen der anstehenden Klassenfahrt. Zumindest gab es letztlich einen Erfolg: Die Eltern hatten sich endlich auf ein Reiseziel geeinigt. Wenn es sich Renate recht überlegte: Was war es bis dahin für ein anstrengender Weg gewesen?! Beinahe hätte sie gewettet, dass es nie klappen würde. Die Eltern hatten sich lange Zeit gesträubt, einer weiteren Reise zu zustimmen. Der Hauptgrund war die letzte Klassenfahrt. Vor zwei Jahren hatte Renate die Klasse vertretungsweise übernommen. Eine ihrer ersten Aktionen war die Organisation einer Klassenfahrt. Diese hatte sie damals auf eine einsame Insel am Darß geführt, ohne Strom. Unerwartete Ereignisse, wie Sturm, Regen und die Fähre, die nicht mehr kam, hatten sie in eine lebensbedrohliche Situation gebracht. Zum Glück war ihr Abenteuer gut ausgegangen. Auf eine gewisse Weise konnte Renate die Bedenken der Mütter und Väter verstehen. Sie sorgten sich um ihre Sprösslinge und wollten deren Bestes. Dennoch: Im Gegensatz zu den Eltern fand Renate, dass die Reise zum Darß eine positive Auswirkung auf die Klasse gehabt hatte. Die Kinder verstanden sich besser denn je und hielten zusammen. Sogar Paul, der zweifache Sitzenbleiber, der sich bis dahin abgesondert hatte, gehörte seitdem dazu. Dank der Unterstützung seiner Klassenkameraden hatte Paul sogar seine Schulnoten verbessern können. In diesem Jahr sah es so aus, als könnte er versetzt werden. Die

Schuldirektorin teilte Renates Auffassung. Daher blieb Renate Klassenleiterin. Sie hatte sich seither immer wieder um eine weitere gemeinsame Reise bemüht, doch die Eltern waren lange Zeit dagegen gewesen. Erst jetzt, im sechsten Schuljahr gelang es Renate, die überwiegende Mehrheit der Eltern umzustimmen. Am Ende des Schuljahres würden sich die Wege der Schüler schließlich trennen. Einige würden das Gymnasium besuchen, die anderen die Ober- oder Gesamtschule. Ein neuer Lebensabschnitt stand bevor.

In der eben beendeten Versammlung war das Reiseziel festgelegt worden. Das war schwerer als gedacht. Sämtliche Vorschläge, die Renate unterbreitet hatte, wurden heftig diskutiert und letztlich abgelehnt. Zu weit. Zu gefährlich. Zu teuer. Die Standpunkte der Anwesenden – Zustimmung und Ablehnung – drifteten dabei immer weiter auseinander. Streitgespräche entbrannten darüber, was das Beste wäre. Die Situation begann zu eskalieren. Renate hatte alle Hände voll zu tun, die Eltern zu beruhigen. Zuletzt gab es einen Vorschlag und – erstaunlicherweise – Zuspruch von allen Seiten. Renate hatte gar nicht orten können, von wem er kam. Die Mütter und Väter stimmten ab und das Ergebnis war eindeutig. Renate sollte diesmal etwas in der Nähe wählen, etwas Ungefährliches – ein Bauernhof. Bauernhof? Renate spukte dieses Wort im Kopf herum. Ob dies das richtige wäre? Renate war unsicher, denn die Schüler waren nicht mehr klein, sondern heranwachsende Jugendliche. Sie wollten garantiert, so wie die anderen sechsten Klassen, eine Städtereise unternehmen oder eine Erlebnisreise und keine Landausflüge.

Renate wurde aus ihren Gedanken gerissen, weil jemand an der Tür klopfte. Der Hausmeister schob seinen Kopf herein. Er fragte höflich, wann sie fertig wäre, denn er wollte abschließen. Kurz darauf verließen sie gemeinsam das Schulgebäude. Auf dem Heimweg grübelte Renate weiter vor sich hin. Vor ihrem inneren Auge tauchten die Kinder auf und ein Bauernhof. Sie versuchte sich vorzustellen, wie alle die Tiere streicheln und im Stroh umhertollen würden. Zuletzt redete sie sich ein, dass auch dieser Ausflug zu einer unvergesslichen Reise werden könnte, eine, an die sich die Kinder gern zurückerinnerten. Man müsste nur den richtigen Ort finden.

*

In den nächsten Wochen suchte Renate nach einem geeigneten Objekt. Sie fand sogar eines, keine fünfzig Kilometer entfernt. Drei Tage. Am Anreisetag würde es eine Einführung in die Landwirtschaft geben. Es gab einen Streichelzoo und die Kinder dürften die Tiere füttern. Der zweite Tag war fürs Melken lernen, Butter stampfen und Brotbacken gedacht. Am Abend sollte es ein Lagerfeuer geben. Am Abreisetag würden sie die Eier der freilaufenden Hühner einsammeln und sie anschließend zum Frühstück kochen oder als Spiegeleier braten lassen. Zum Abschluss ständen noch ein Besuch beim Schäfer und das Herstellen von Wolle auf dem Programm. Wer mochte, dürfte in einer Strohscheune übernachten. Unabhängig davon würden mehrere Zimmer mit Betten zur Verfügung stehen. Während der ganzen Zeit könnten sie reiten. Kurz: Es gab viele Möglichkeiten sich zu beschäftigen. Außerdem stand vor Ort eine Betreuung zur Verfügung.

Wenn das nicht das Richtige wäre, dann wüsste Renate auch nicht weiter.
Den Eltern wurde das Angebot noch einmal in einer kurzfristig organisierten Versammlung vorgestellt. Ausnahmslos alle waren begeistert, zumal auch der Preis stimmte. Nach der Bestätigung der Buchung sollte Renate die Entscheidung der Eltern und das Reiseziel den Schülern der 6c mitteilen.

Der Tag der Verkündung der Klassenfahrt

Renate war auf dem Weg zur Klasse. In ihrem Kopf kreisten die Gedanken. Gleich würde sie den Kindern die Botschaft überbringen, wohin sie ihre Klassenfahrt führen würde. Wie vor zwei Jahren auch hatten einige Lehrer Renate im Lehrerzimmer verspottet. Bauernhof für eine sechste Klasse? Wenn wenigstens ein Discobesuch dabei wäre… Die anderen würden aufregende Sachen machen. Eine Klasse würde nach Budapest fahren und eine Stadtrundfahrt unternehmen, die Bus-, Schiff- und Fahrradtour umfasste. Zwei Übernachtungen inklusive. Die anderen würden drei Tage in einem Lustschloss an einem See zubringen, ein Floss bauen und ein Krimidinner erleben.
Renate stand vor der Tür des Klassenzimmers und strich sich mit der Hand durch ihre kurzen, schwarzen Locken. Zuletzt rückte sie ihre Halskette zurecht. Noch einmal durchatmen. Ja, sie würde den Schülern schon die Reise schmackhaft machen. Bauernhof – so schlecht war das auch wieder nicht. Natur, frische Luft. Erleben, wie unser „täglich Brot“ hergestellt wird. Was will man mehr? In jedem Fall würde sie den Kindern sagen, dass es der Wunsch ihrer Eltern war. Zudem war Freitag. Das Wochenende stand bevor. Genug Zeit für alle, um in Ruhe darüber nachzudenken. Renate drückte die Türklinke. Die Schüler, die sich vorher rege unterhalten hatten, verstummten und hasteten zu ihren Plätzen. Als Renate ihre Sachen abgelegt hatte, begann sie ihre Rede: „Meine Lieben, ihr habt ja alle mitbekommen, dass es eine Versammlung wegen der Klassenfahrt gab. Sicher seid ihr schon gespannt, wohin die Reise gehen wird. Ich sage

mal so: Es ist ganz in der Nähe und wir werden garantiert nicht von der Außenwelt abgeschnitten sein, wie beim letzten Mal. Tatsächlich gibt es viel zu erleben. Für jeden ist etwas dabei. Wir können reiten, Brot backen und vieles mehr. Den genauen Plan stelle ich euch gleich vor. Ich will nicht lange um den heißen Brei reden. Wir fahren zum Bauernhof Krümling. In zwei Wochen geht es los." In der Klasse war es für einen Moment mucksmäuschenstill. Entgeisterte Gesichter blickten Renate an. Die Fragen der Kinder schwirrten durcheinander, die wichtigste von allen war: „Warum fahren wir nicht zum Darß und sehen unsere Freunde vom vorletzten Jahr wieder?" Das hatte Renate vorhergesehen und eine passende Antwort parat: Man müsste auch mal etwas Neues ausprobieren – ein anderes Abenteuer erleben. Renate begann die geplanten Aktivitäten vorzustellen. Sie redete auf die Kinder ein und versuchte das Vorhaben so gut wie möglich anzupreisen. Der Enthusiasmus der Klasse hielt sich jedoch in Grenzen. Lediglich einige Mädchen waren davon begeistert, dass Reiten auf dem Programm stand. Renate gab alles. „… und die technische Maschinen und Traktoren dürften euch auch interessieren", fügte sie hinzu. Am Ende ging Renate in den normalen Unterrichtsstoff über. Sie war heilfroh, dass keiner rebellierte.

*

Die Klassenfahrt war DAS Pausenthema. Unterschiedliche Ansichten wurden ausgetauscht. Begeistert waren nur wenige. Einige meinten, dass dies die langweiligste Fahrt aller Zeiten werden würde. Wie konnten ihre Eltern ihnen das antun?! Paul, der Größte der Runde, nahm es gelassen. „Easy. Alles ist besser als Schule“, gab er zum Besten „ein paar Tage abhängen ist doch super.“ Dem stimmten etliche Mitschüler zu. Conny erinnerte Paul allerdings gleich daran, dass sie heute nach der Schule noch üben müssten. Mathe. Stöhnend nahm er dies zur Kenntnis. Kalle stieß ihm mit dem Ellenbogen an und flüsterte ihm zu: „Keine Bange, wir erlösen dich gegen 16 Uhr.“ Dabei hatten seine blauen Augen einen listigen Ausdruck. „Vergesst bloß nicht, dass wir zu Karstens Geburtstag wollen“, sagte Klaus laut, „Riesenparty. Ich glaube, die halbe Schule ist eingeladen. Ich wünschte, zu meinem zwölften Geburtstag würde es auch so eine Sause geben. Karsten hat bereits verraten, dass es jede Menge Brownies geben wird. Seine Mutter musste ihm versprechen mehr als genug zu backen. Das Kuchenblech mitsamt dem Kuchen vom Testbacken hatte sich irgendwie in Luft aufgelöst. Naja, das hat er zumindest erzählt.“ Die anderen waren amüsiert. „Brownies, mhmmm“, brummte Klaus und leckte sich genüsslich die Lippen. „Ach“, entgegnete Kalle mit einem Grinsen auf dem Gesicht, „wolltest du nicht auf deine Figur achten?“ Dabei strich sich Kalle mit der Hand über den Bauch. Aber Klaus konterte, er habe im letzten Jahr bereits einiges an Gewicht verloren. Die anderen mussten zugeben, dass dies der Wahrheit entsprach. Klaus war längst nicht mehr so dick, wie vor zwei Jahren. Er war zwar ordentlich gewachsen, so dass er der Zweitgrößte in der Klasse war, aber er hatte sein Idealgewicht noch nicht erreicht. „Es können ja nicht alle so dünn sein, wie du, Kalle. Außerdem sind Geburtstage eine Ausnahme“, fügte er hinzu, „da darf man auch mal richtig reinhauen.“ Ihr Gespräch wurde durch die Schulglocke unterbrochen, die das Ende der Pause verkündete. Alle setzten sich in Bewegung und gingen zurück ins Schulgebäude.

*

Wie geplant, klingelten Kalle und Klaus nach der Schule an Pauls Haustür. Seine Mutter öffnete sofort. Sie hatte ihre Tasche sowie den Autoschlüssel in einer Hand. Gleichzeitig versuchte sie sich mit der anderen die Jacke ihres Kostüms überzustreifen. Diese hing aber am Arm fest. Anscheinend war sie in Eile und in Gedanken bereits woanders. Als sie die beiden Jungen bemerkte, wirkte sie überrascht. Sie empfing die Besucher mit einem zerstreuten: „Noch mehr Gäste?“ und „Paul ist oben.“ Im gleichen Atemzug ging sie einen Schritt zurück und rief sie die Treppe hinauf: „Paul, ich muss los! Keine wilden Partys! Dass mir das Haus noch steht, wenn ich wiederkomme!“ Sie schob sich an den beiden Jungen vorbei. Klaus kratzte sich am Kopf. „Ob Paul das gehört hat?“, fragte er nachdenklich. Kalle, der ebenfalls etwas irritiert war, fügte hinzu: „Aber Frau Habermann, wir gehen doch zu Karstens Geburtstagsparty und holen Paul nur ab.“ Die Angesprochene hatte jedoch kein Ohr dafür. Sie war bereits am Auto angekommen. „Ach ja“, rief sie, während sie die Tür aufriss, „sorry. Ich muss los. Dann viel Spaß.“ Schon war Frau Habermann eingestiegen und der Motor brummte. Kalle und Klaus sahen sich schulterzuckend an, ehe sie hineingingen und die Stufen erklommen.

Oben angekommen, hörten sie Stimmen aus einem Zimmer. Conny diskutierte mit Paul wegen der Übungsaufgaben. Er hatte offensichtlich keine Lust mehr, aber sie gab nicht nach. „Nun stell dich nicht so an“, forderte Conny, „noch eine letzte Aufgabe. Mathe ist keine Folter! Bloß ein bisschen den Kopf anstrengen. Das ist alles ganz logisch.“ Ob ihn das motivierten konnte? Kalle und Klaus traten ein. Paul war sichtlich froh, dass die beiden kamen. Sie begrüßten sich zunächst. Conny schien nicht besonders begeistert von den Neuankömmlingen und verzog das Gesicht. Insgeheim hatte sie gehofft, nach den Aufgaben noch ein paar Worte mit Paul wechseln zu können, die nichts mit Schule zu tun hatten. Bislang endete ihr Gespräch und Zusammensein mit den Nachhilfestunden. Vielleicht könnte sie sich endlich mit ihm verabreden, zum Beispiel zum Eis essen. Alle Mädchen schwärmten für Paul und wollten mit ihm gehen, aber ihm schien es egal zu sein. Connys Plan war leider auch an diesem Tag gescheitert, denn Paul kümmerte sich nicht mehr um sie. Doch sie war nicht der Typ, der kampflos aufgeben würde. Sie wollte und musste Pauls Aufmerksamkeit wieder auf sich lenken. Mit ihrer rechten Hand strich sie ihr dunkles, halblanges Haar übers Ohr. Wortgefechte zwischen den Anwesenden entspannen sich um die Frage: „Erst die Übung beenden oder gleich zur Party gehen?“ Ein harter Kampf, den Conny gewann.

Während sie schließlich mit Paul die letzte Übungsaufgabe in Angriff nahm, schauten sich Kalle und Klaus im Zimmer um. Bald entdeckten sie die Spielekonsole und jede Menge Spiele. „Mann“, staunte Kalle, „Diabolo 3, wie cool! Oh und Star Craft! Wo hast du die denn her?“ „Die hat mein Vater bei seinem letzten USA-Aufenthalt organisiert. Ist halb so toll, wie es klingt. Außerdem gab es gleich Stress zwischen meinen Eltern, weil es nicht für Kinder geeignet ist“, sagte Paul, der die Ablenkung begrüßte. Kalle und Klaus beschäftigten sich mit der Aktivierung eines der Spiele. Schwierig, da alle Anweisungen in Englisch waren. Paul rief ihnen daher zu, wo sie drücken müssten. Conny wurde lauter: „So wird das nichts, Paul! Du musst dir schon Mühe geben. Sonst schaffst du die sechste Klasse nicht.“ „Mir doch egal“, erwiderte Paul und lehnte sich zurück, „nach der sechsten gehen sowieso alle getrennte Wege und ich sehe keinen wieder.“ Klaus mischte sich ein: „Da täuschst du dich. Also, die Hälfte der Klasse geht auf die Oberschule. Da kannst du entweder nach der zehnten aufhören oder weitere Wahlfächer nehmen und das Abi machen.“ Er begann aufzuzählen, wer seiner Meinung nach, diese Schule besuchen würde. „Anne geht auch hin?“, fragte Paul unerwartet. „Oho, Anne“, alberte Kalle, „ist wohl deine heimliche Liebe?“ „Quatsch! Paul und Anne? Auf keinen Fall“, sagte Klaus, „die ist bloß eine graue Maus und schüchtern ist sie auch noch.“ „Also eigentlich ist sie ganz süß – mit ihren rehbraunen Augen“, rutschte Paul heraus. Sogleich biss er sich auf die Lippen. Zu spät. Da hatte er etwas gesagt. Die beiden Jungen machten sich über ihn lustig. Verlegen fuhr Paul sich mit der Hand über seine blonden Stoppelhaare.

Keiner bemerkte, dass Conny die Eifersucht plagte. Paul war ein cooler Typ, den sie für sich gewinnen wollte. Sie gab sich alle Mühe, bisher jedoch ohne Erfolg. Offenbar war Anne der Grund, warum sie nicht vorankam. Was fand Paul bloß an der? Mit jedem Gedanken an Anne steigerte sich Conny in Rage. Sie presste bald ihre Lippen fest aufeinander. Bloß nicht heulen, dachte sie. Ihr Gesicht sah aus, als schäumte sie vor Wut. Am Ende platzte aus ihr heraus: „Jetzt reißt euch mal zusammen! Wir wollen auf eine Geburtstagsparty gehen und Paul muss noch eine

Aufgabe zu Ende bringen!“ Die anderen verstummten. „Eine einzige!“, fügte sie streng hinzu. Ihre Augen funkelten wild. „Ja, Frau Lehrerin“, antwortete Kalle spaßig, verstummte aber gleich wieder. Paul nahm lieber seinen Stift und begann zu rechnen. Keinesfalls wollte er es sich mit Conny verderben. Wahrscheinlich hatten die anderen Recht und es wäre besser, wenn er nicht erneut sitzen bleiben würde. Dank Connys Hilfe hatte er schließlich die fünfte Klasse bestanden und die Chancen für das aktuelle Jahr standen besser als erwartet.

Eine Viertelstunde später. Endlich geschafft. Sie machten sich auf den Weg. Unterwegs holten sie Bea ab, die ihr Gemeinschaftsgeschenk organisiert hatte. Die Geburtstagsfete war bereits im Gange. Der Garten war bunt geschmückt. Karsten packte gerade die ersten Geschenke aus. Auf der Terrasse wurde gegrillt. Bratwurstduft lag in der Luft. Unzählige Leckereien standen auf einem Beistelltisch. Jemand legte Hip-Hop-Musik auf. Obwohl es nicht nötig war, umschwirrte Karstens Oma ständig die geladenen Gäste und bot ihnen Jacken, Decken und warme Getränke an. Alle bedankten sich für ihre Führsorge. Die Party versprach ein voller Erfolg zu werden.

Ankunft auf dem Bauernhof

Die Zeit bis zur Klassenfahrt verging wie im Fluge. Endlich war es soweit. Am Reisetag trafen sich alle am frühen Morgen vor der Schule. Selbst der schmächtige Torsten, der häufig krank war, konnte dieses Mal mitfahren. Seine Mutter drückte Renate allerdings eine separate Tasche mit Tabletten in die Hand sowie eine A4-Seite mit detaillierten Informationen, wann er was in welcher Dosis nehmen sollte. Wiederholt ging sie mit Renate die Liste durch und fragte mehrfach, ob auch alles klar wäre. Geduldig hörte Renate zu, obwohl sie im Vorfeld bereits darüber gesprochen hatten. Außerdem wusste Torsten bestens Bescheid. Renate kontrollierte am Ende die Telefonnummer, unter der sie Torstens Mutter erreichen konnte, für alle Fälle.

Im Gegensatz zur letzten Fahrt verlief alles weniger hektisch. Selbst in Renates Privatbereich. Ihr Bruder hatte sich wieder einige Tage frei genommen, um sich um ihre kranke Mutter zu kümmern. Sicherheitshalber war er schon einen Tag früher angereist. So konnte in Ruhe alles besprochen werden. Stefan, ein ehemaliger Schüler, wollte unbedingt als Betreuer mitfahren. Das tat er schon über viele Jahre. Diese Klassenfahrt wollte er sich nicht entgehen lassen. Es meldeten sich im Vorfeld sogar mehrere Mütter als zusätzliche Betreuung: Ronnys Mutter Hannah, Swetas Mama Irina und Eva, Tammis Mutter. Es stellte sich heraus, dass die Damen Pferdenärrinen waren und darauf hofften, endlich wieder einmal reiten zu können. Eine der drei Damen durfte mitfahren, denn drei Erwachsene für zwanzig Kinder waren ausreichend, zumal es eine Betreuung vor Ort gab. Da Hannah sich zuerst gemeldet hatte, wurde sie ausgewählt. Renate notierte sich dennoch Informationen, wie sie die Anderen erreichen könnte, falls eine Vertretung nötig sein sollte.

Endlich waren alle da. Eine leichte, warme Brise wehte. Renate genoss den Morgen. Dieses Mal mussten weder Getränke noch Lebensmittel mitgenommen werden. Fürs leibliche Wohl würde auf dem Bauernhof ausreichend gesorgt sein. Lediglich persönliche Sachen wie Kleidung und Waschzeug waren erforderlich.

Mit Freude beobachtete Renate das Geschehen: Die Kinder stapelten ihre Taschen und Koffer am Zaun auf und stellten sich zunächst in einer Runde davor. Angeregt unterhielten sie sich, bis die beiden Rabauken Micha und Kalle unruhig wurden. Glücklicherweise hatte Stefan einen Fußball dabei. Die Jungen fingen gleich an, sich den Ball zuzuspielen. Silke stieg in das Spiel ein und machten ihnen das Gewinnen schwer. Ihre blonden Haare waren zu einem französischen Zopf geflochten, der beim Rennen umherflog. Basti und Flori aus dem Kinderhaus mischten sich ebenfalls ein und bemühten sich ihrem Geschlecht alle Ehre zu machen. Anne stand schüchtern in sicherer Entfernung und schaute zu. Conny, die die ganze Zeit Paul beobachtet hatte, unterstützte Silke nun. Sie hoffte wohl auf diese Weise Pauls Interesse zu wecken. Paul nahm jedoch keine Notiz davon, weder vom Spiel noch von Conny. Als Karsten und Klaus begannen, lautstark den anderen zuzurufen, wie sie spielen sollten, zog Paul sich sogar zurück. Er stellte sich unauffällig in Annes Nähe. Es gab aber kein Gespräch zwischen ihnen, nur vorsichtige Blicke. Sissi und Ellen bestaunten Beas nagelneues Top. Sweta und Tammi wurden darauf aufmerksam und gaben ihre Bewunderung zum Ausdruck. Ronny, der Klassenbeste, gesellte sich gern zu den adretten Mädchen und bereicherte die Unterhaltung mit charmanten Komplimenten. Gino, Jan und Leon unterhielten sich lieber mit Torsten. Sie sagten ihm, wie froh sie waren, dass er dieses Mal mitkommen konnte. Renate und Stefan zählten noch einmal die Anwesenden durch: Zwanzig Kinder und Hannah – vollständig. Hannah schien allerdings vom Geschehen nichts mitzubekommen, denn sie telefonierte fortwährend.

Der Bus kam nahezu pünktlich. Ein netter Busfahrer lud umsichtig das Gepäck ein. Allen Anzeichen nach dürfte es eine entspannte Reise werden.

*

Gemütlich bahnte sich der Bus seinen Weg zum Bauernhof Krümling – über Holperstraßen, vorbei an Koppeln und Getreidefeldern. Die Klimaanlage leistete gute Dienste. Keine zwei Stunden und sie hatten das Ziel erreicht. Unübersehbar der Wegweiser: „Herzlich Willkommen auf dem Bio-Bauernhof Krümling". Der Weg führte auf eine hohe Fichtenhecke zu, die beim Näherkommen ein Tor freigab. Die Einfahrt war ziemlich groß, so dass das Fahrzeug bequem hindurchpasste. Ein großer Hof bot sich ihnen dar. Das Gelände war sehr übersichtlich: Rechterhand grenzten diverse Ställe aneinander. Sie führten bis zum dreistöckige Haupthaus. Darauf folgte ein breiterer Weg, der offenbar zu den dahinterliegenden Feldern und weiteren Ställen führte. Weitere Gebäude mit großen Toren folgten, in denen sicher Landmaschinen parkten. Eine Scheune schloss den Hof auf der linken Seite ab. Der Bus hätte bequem eine Runde im Innenhof drehen können ohne rückwärts zu fahren oder zu wenden, wenn nicht unerwartete Hindernisse den Weg verstellt hätten. Blaulicht leuchtete ihnen entgegen und eine Sirene heulte.

Der Busfahrer hielt an. Die Kinder der 6c drückten sich ihre Nasen an den Scheiben des Busses platt und wunderten sich. Was war denn hier los? Vor dem Eingang des Hauptgebäudes standen ein Streifenwagen, ein Notarzt- und ein Krankenwagen, ringsum eine Menschenansammlung. In den Krankenwagen wurde eben eine Trage geschoben, auf dem eine dicke Frau mit einem blutigen Kopfverband lag. Sie schien nicht bei Bewusstsein. Rasch schlossen die Krankenwagenfahrer die Fahrzeugtüren. Der Arzt blieb am Notarztwagen stehen, stellte seine Arzttasche auf das Autodach und drückte ein Handy an sein Ohr. Ein älterer Polizist diskutierte mit einem korpulenten Mann, schwer zu beurteilen, ob dies gut oder schlecht zu bewerten war. Etliche Leute – Männer und Frauen – in Gummistiefeln standen ratlos herum, einige steckten ihre Köpfe zusammen. Zwei Mädchen tauchten auf und bemühten sich dem Krankenwagen so nah wie möglich zu kommen. Die jüngere der beiden hatte einen blonden, kurzen Pagenschnitt und durfte 7 Jahre alt sein. Das andere Mädchen war schätzungsweise so alt, wie die Kinder im Bus. Ihre roten, halblangen Locken gaben ihr ein wildes Aussehen. Beide hüpften letztlich aufgeregt hinterm Krankenwagen hoch und versuchten einen Blick auf die Verletzte zu erhaschen. Eine adrette, kurzhaarige Brünette ging zu den Mädchen. Sie redete auf die Kinder ein und drückte sie an sich, ehe sie die zwei zum Haupthaus führte. Eine ältere, hagere Frau, bekleidet mit einer geblümten Kittelschürze stand an der Haustür. Sie schlug die Hände vor sich zusammen und starrte mit großen Augen auf den Bus mit den Neuankömmlingen. Daraufhin drehten sich die Anwesenden um und schauten ebenfalls zum Bus.

Renate hatte sich zuerst wieder gefasst. Gut, dass sie bereits an der Frontscheibe stand, ihrer Klasse den Rücken zugekehrt. Niemand konnte so ihr entsetztes Gesicht sehen. Nach einem tiefen Atemzug drehte sie sich um und rief die Insassen des Busses zur Ruhe auf, wobei dies nicht wirklich nötig war. Alle waren schier sprachlos. Voller Neugierde blickte jeder gespannt zu Renate. Wie würde sie reagieren? Selbst Hannah hörte auf zu telefonieren. Sie machte rasch ein paar Fotos, steckte allerdings ihr Handy weg, als sie Renates missbilligenden Blick bemerkte. Renate verkündete, dass sie erst einmal allein aussteigen würde, um die Lage zu klären. Innerlich wurde ihr heiß und kalt. Diese Klassenfahrt fing ja gut an! Der Busfahrer blieb zum Glück gelassen und öffnete die vordere Tür. Ein Hund kläffte. Man konnte ihn aber nirgends entdecken.

Alle Schüler wollten nun nach vorn drängen, doch Stefan stellte sich in den Gang und ließ keinen durch. Langsam stieg Renate die Stufen hinab. Draußen konnte sie weitere Details erkennen: Einen Polizei-Transporter, der auf dem Weg stand. Vor einem Stall wurde ein Absperrband angebracht. Polizisten, die Schutzfolien über ihren Schuhen und Schutzanzüge trugen, entnahmen dem Transporter schwere Kisten und schleppten sie zum abgesperrten Ort. Renates

Blick wanderte umher. Der dicke Mann kam ihr sofort entgegen. Sämtliche Gespräche verstummten. So konnte man die ältere Dame hören. Aufgelöst meinte sie: „Oh Gott, oh Gott. Was machen wir denn jetzt? Wir können unsere Gäste doch nicht nach Hause schicken. Die Kinder freuen sich bestimmt auf die Tage bei uns.“ Nervös fasste sich Renate an ihren Hals und rückte ihre Halskette zurecht. Durchatmen und ruhig bleiben, dachte sie. Es gab bestimmt eine einfache Erklärung und alles würde gut werden.

Der Polizist schritt ebenfalls rasch auf Renate zu und erreichte sie als erster. „Halt! So geht das nicht. Sie müssen im Bus bleiben“, sagte er streng, „niemand darf aussteigen. Dies hier ist ein Tatort!“ Im gleichen Moment rief er seinem Kollegen, der im Polizeiwagen saß, barsch entgegen: „Joe, mach endlich das Blaulicht aus! Das macht einen ja ganz verrückt!“ Der Mann im Polizeiwagen war sehr jung. Er wurde hektisch und drückte diverse Schalter. „Joe, das war das Abblendlicht“, knurrte der ältere Polizist genervt, „Mann, was lehren sie euch bloß auf der Polizeischule?!“ Prompt ging das Blaulicht aus. Ein breites Lächeln legte sich auf Joes Gesicht.

Der dicke Mann drängte sich zu Renate vor. „Also erst einmal: Guten Tag“, begrüßte er sie, „ich bin Wolfgang Krümling, der Bauer und Leiter des Bio-Bauernhofes.“ Er wies mit der Hand erst auf den Polizisten und dann auf die Frau in der Kittelschürze: „Das ist Kommissar Baumann. Die ältere Dame da hinten ist meine Mutter – Trautchen. Entschuldigen Sie bitte die Aufregung. So etwas ist bei uns noch nie vorgekommen. Natürlich können Sie bleiben. Die Polizeiarbeiten werden sicher nicht lange dauern.

Oder, Walter? Ich hätte aber auch Verständnis, wenn Sie lieber abreisen wollen.“ Sein Blick verriet jedoch, dass er seine Gäste dabehalten wollte, anstatt sie wegzuschicken. Walter überlegte kurz, ehe er Wolfgang zugewandt antwortete: „Mhm, die Befragung ist ja bereits erledigt. Meine Kollegen von der SpuSi brauchen noch etwa zwei bis drei Stunden. Danach wird wieder alles freigegeben.“ „Bis dahin trampelt mir keiner am Tatort herum!“, fügte er nachdrücklich hinzu. Wolfgang war erleichtert und wurde gesprächiger. Renate erfuhr, was los war. Einige Pferde waren entführt worden – eines davon eine wertvolle Zuchtstute. Jemand hatte letzte Nacht die Stalltüren aufgebrochen. Leider war es erst am Morgen bemerkt worden. Die Bäuerin – Helga Krümling – hatte Helfer organisiert, die sie bei der Suche unterstützten sollten. Leider war sie gestürzt und unglücklich mit dem Kopf aufgeschlagen. Im Hintergrund hörten sie Trautchen lamentieren: „Oh Gott, oh Gott. Erst der Unfall des Milchautos, dann sind Pferde weg, jetzt Helga im Krankenhaus. Oh nein, oh nein. Ich sage es Euch ja, wir sind vom Pech verfolgt. Der Hof ist verflucht. Wo soll das bloß enden? Wenn jetzt die Gäste noch wegfahren, oh Gott, oh Gott. Und die armen Mädchen – Evi und Mona.“ Sogleich wandte sie sich den beiden Genannten zu. Evi und Mona klammerten sich jedoch an die braunhaarige Frau, die sie herzlich drückte. Die Umstehenden steckten ihre Köpfe zusammen und tuschelten. Letztlich endete es in lauten Gesprächen über das Gesagte. Renate bemühte sich, einen klaren Gedanken zu fassen. Was wäre das Richtige? Es gab einen Einbruch mit Diebstahl. Waren sie auf diesem Gelände sicher? Wie würden die Eltern reagieren, wenn sie davon erführen? Schließlich antwortete sie:

„Also, das muss ich mit meinen Kollegen besprechen.“

Innerlich aufgewühlt ging sie zum Bus zurück. Besorgte Blicke folgten ihr.

Kaum eingestiegen wurde sie mit Fragen überhäuft. Alle drängten sich nach vorn, um möglichst viel zu verstehen. Renate winkte Stefan und Hannah heran. Gemeinsam brachten sie die Kinder dazu, sich zu setzen. Die 6c lauschte nun angestrengt Renates Ausführungen. Anschließend wollten sie abstimmen – abreisen oder nicht. Eine heftige Diskussion kam auf. Die meisten fanden die Umstände spannend, aber die Verantwortung lag bei den Erwachsenen. Hannah war natürlich fürs Bleiben. Zu sehr hatte sie sich auf das Reiten gefreut. Stefan hatte Argumente dafür und dagegen. Der Busfahrer teilte ihnen mit, dass sie ihn bzw. seine Firma jederzeit anrufen und sich abholen lassen könnten. Nach wenigen Minuten gab es eine Einigung. Sie wollten bleiben. Nicht auszudenken, wenn die Reise jetzt abgebrochen und sämtliche Eltern angerufen werden müssten. Die Klassenfahrt hatte eben erst begonnen! Familie Krümling würde schon ohne die Hausherrin auskommen. Schließlich standen auf dem Hof eine Menge Leute, die garantiert dazugehörten und anpacken konnten. Sicher würden sie wachsamer sein denn je. Es musste einfach möglich sein, die geplanten drei Tage zu bewältigen. Selbstverständlich würden Stefan, Renate und Hannah bei der Versorgung der Kinder unterstützen, wenn es sein müsste auch beim Kochen und wo auch immer es nötig wäre zu helfen.

Kurzerhand stieg Renate aus und verkündete ihre Entscheidung. Wolfgang wirkte erleichtert. Er bekniete daraufhin Walter, dass die Kinder ins Haupthaus gehen durften, denn im Bus konnten sie unmöglich bis zu drei Stunden warten. Es war heiß und sicher waren die Gäste hungrig, schließlich war bald Mittagszeit, meinte er und verwies auf seine Töchter Evi und Mona. Walter wusste sofort, was Wolfgang meinte. Daher stimmte er unter der Bedingung zu, dass sich alle bis auf weiteres im Haus aufhalten würden.

Der Busfahrer lud die Taschen und Koffer aus, welche die Angestellten des Bauernhofes emsig nach drinnen trugen. Hannah hatte wieder ihr Handy am Ohr. Stefan und Renate führten die Kinder zum Haus. Diese reckten unterwegs ihre Hälse, um möglichst viel vom Geschehen rund um die Spurensicherung mitzubekommen. Was für ein Getümmel! Natürlich ließen sich Kalle und Basti die Chance nicht entgehen, das Polizeiauto näher unter die Lupe zu nehmen. Sie fragten Joe Löcher in den Bauch. Der war den Jungen sehr zugetan. Es stellte sich heraus, dass dies Joes erster Einsatz war. Voller Stolz berichtete er, wie so ein Polizeiwagen funktionierte. Er ließ Kalle und Basti einsteigen und erklärte ihnen gern, wozu die ganzen Schalter da waren. Selbst das Funkgerät wurde vorgeführt. „Cool", meinte Kalle fasziniert, „ihr habt ja sogar eine Waffenkiste an Bord. Darf ich mal?" Selbstverständlich nicht. Stefan eilte herbei und bemühte sich, die beiden Jungen loszureißen. Das erwies sich schwieriger als gedacht. Die anderen Jungs folgten und – bis auf Sissi, Ellen und Bea – kurz darauf auch die Mädchen. Sie umringten den Polizeiwagen. Renate und Stefan hatten nun alle Hände voll zu tun, die Ausreißer zum geplanten Aufenthaltsort zu bringen. Walter kam herbei und schimpfte. Er hatte angeordnet, dass alle ins Haus gehen sollten. Joe stand nicht zu, sich Walters Anweisungen zu widersetzen und erst recht nicht in einer derartigen Situation. Die Gäste sollten umgehend nach drinnen gebracht werden und nicht den Polizeiwagen belagern! Womöglich würde noch jemand auf die Idee kommen, sich den Tatort anzusehen. Leider halfen Walters Ermahnungen nichts. Keiner bewegte sich. Stattdessen gab es Proteste. Walter wurde ungehalten. Mit so viel Widerstand hatte er nicht gerechnet. Beinahe eskalierte die Sache. Plötzlich hielt Walter inne. So ging das nicht. Was tun? Bei einem Großeinsatz würde er jetzt einen Warnschuss abgeben. Ihm war jedoch klar, dass dies in diesem Moment nicht den gewünschten Erfolg bringen würde. Die Kinder schienen besessen von der Polizeiarbeit. Eigentlich war das gut. Walter sprach in Gedanken zu sich selbst, dass er ruhiger werden musste. Er war ein erfahrener, guter Polizist, der normalerweise besonnen reagierte. Er besann sich und zwang sich zu einem: „Ruhe bitte, beruhigt euch.“ Während er nach den geeigneten Worten suchte, kam die braunhaarige Frau herbei, die sich bereits um Evi und Mona gekümmert hatte. „Hallo, ich bin Natascha, die Haushaltshilfe“, begann sie ihre Rede in gebrochenem Deutsch, „ihr seid bestimmt hungrig. Wie wäre es mit einem leckeren Mittagessen?“ Tatsächlich erlangte sie damit die Aufmerksamkeit der Kinder. Diese Einladung lenkte die Klasse wirkungsvoll ab. Das war etwas, was die Schüler verband – für gutes Essen würden sie fast alles tun. Renate konnte sich nicht erinnern, dass je ein Krümel von einem Buffet übrig geblieben wäre, ob Geburtstage, Vorweihnachtszeit oder eine Feier. Natascha hielt einen Arm hoch, ehe sie sich umdrehte und vorausging. „Bitte folgt mir!“ Diese Ansage genügte. Alle folgten ihr.

Evi und Mona warteten bereits im Speisesaal. Ein rustikaler, gemütlicher Raum mit Holztischen und stühlen, in unterschiedlich großen Gruppen zusammengestellt. In einer Ecke ein Kamin, neben dem Feuerholz aufgestapelt war. Jeden Tisch zierte ein Deckchen und eine kleine Blumenvase. Trautchen nahm nun die Essenbestellungen auf: Spiegelei, Rührei, Würstchen, Bauernfrühstück, Bratkartoffeln. Anschließend schlug sie erneut die Hände über dem Kopf zusammen und stammelt vor sich hin, wie sie es wohl schaffen sollten, so viele Kinder satt zu bekommen. Natascha entgegnete gelassen: „Mamutschka, mach dir keine Sorgen. Ich versorge regelmäßig unsere Arbeiter und habe schon oft für mehrere hundert Leute gekocht. Da sind ein paar Kinder kein Problem. Wir haben zudem genügend Lebensmittel im Haus, um eine ganze Kompanie zu versorgen.“ Sie zog Trautchen mit sich in die Küche.

Die Kinder belagerten nun die Fenster, um von den Ereignissen draußen möglichst viel mitzubekommen: Der Krankenwagen fuhr los und der Notarzt hinterdrein. Es war somit genügend Platz für den Reisebus entstanden, der sich daraufhin ebenfalls in Bewegung setzte. Die Arbeiter traten beiseite. Nun konnte man den Hund sehen, der die ganze Zeit gebellt hatte. Ein Mischling mit braunem Fell und schwarzen und weißen Flecken. Zudem hatte er ein Schlappohr. Seine lange Leine war an der Scheune festgemacht. Fortwährend rannte er in die Hundehütte hinein und wieder heraus. Die Leute auf dem Hof diskutierten mit

Walter. Leider verstand man nichts. Man sah nur ihre Gesten. Das blonde Mädchen, sagte letztlich: „Gebt euch keine Mühe. Das ist ein Fachwerkhaus. Die Wände sind so dick, dass man nichts hören kann. Wahrscheinlich wollen die Arbeiter zu den Tieren. Die Kühe müssen gemolken und die Schweine gefüttert werden. Zudem dürften die Hühner ziemlich aufgeregt sein. Wenn sie Eier legen sollen, benötigen sie Ruhe um sich herum. Stimmt's, Mona?" Da hatte sie etwas gesagt. Den Kindern der 6c wurde schlagartig bewusst, dass Evi und Mona – sozusagen – Augenzeuginnen waren. Insider! Umgehend wurden sie dicht umringt und ausgefragt. Jedes Detail mussten die beiden berichten und jeden Mitarbeiter benennen. Wer arbeitet als was und war wann wo? Die beiden Mädchen beantworteten bereitwillig all die vielen Fragen. Bald kannte die 6c die Gepflogenheiten des Hofes. Es wurden Spekulationen angestellt, wer es gewesen sein könnte. Leider ging am Ende die Phantasie bei einigen durch und diverse Verschwörungstheorien wurden erdacht. Auch Mafiabanden wurden als mögliche Verdächtige auserkoren. Stefan schien begeistert, welch' tolle Ideen entwickelt wurden. Renate hielt sich heraus und ließ die Kinder reden, denn auf diese Weise verging die Wartezeit rasend schnell. Lediglich Hannahs „Telefonitis" bereitete ihr Sorgen. Wenn das so weiter ginge, müsste Renate ein ernstes Wörtchen mit ihr reden. Schließlich war Hannah als Begleitung mitgekommen und nicht zum Privatvergnügen.

Letztlich war das Essen fertig. Die bestellten Leckereien wurden serviert. Was für ein wunderbarer Duft! Dazu wurden deftiges Brot, Milch und Apfelsaft gereicht. Hausgemacht, versteht sich. Alle ließen sich das Essen schmecken. Das war aber auch köstlich. Besonders Gino stöhnte bei jedem Bissen genüsslich. Natascha nahm es mit Freude wahr. Es schien als entspannte sich selbst Trautchen.

*

Das wohlige Gefühl im Magen führte zu einer heiteren, entspannten Atmosphäre. Überall zufriedene Gesichter. Bald wurden die Kinder in die erste Etage geführt. Hier befanden sich die Schlafräume, in denen sie übernachten konnten. In den Zimmern befanden sich je zwei Doppelstockbetten und ein Schrank. Natascha erklärte, dass sie auch gern in der Scheune schlafen könnten. Jeder hatte den Luxus zweier Schlafstätten. Bett oder Stroh, frei nach Belieben. Sogleich wurden die Schlafgelegenheiten aufgeteilt. Stefan bekam ein Einzelzimmer, ebenso Renate und Hannah. Alle packten ihre Sachen aus und verstauten sie in ihren Schränken. Währenddessen wurde munter geredet und das Haus wurde näher untersucht.
Anschließend trafen sie sich wieder im Speiseraum. Renate zählte durch. Sie kannte ihre Rasselbande. Ein paar Kindern würde sie zutrauen, dass sie sich davonschlichen, um den Tatort zu erkunden. Renate wollte keinen Ärger mit dem Hauswirt und auch nicht mit der Polizei. Leider fehlte einer. Gino.

Renate suchte ihn und fand ihn in seinem Zimmer – auf dem Bett liegend. Er hielt sich den Bauch vor Schmerz. Zudem war ihm schlecht. Renate benachrichtigte umgehend die anderen. Trautchen eilte mit einem hausgemachten Magenbitter herbei und verabreichte Gino einen Esslöffel davon. Leider ging es ihm hernach noch schlechter. Bauchkrämpfe kamen zur Übelkeit hinzu. Natascha brachte Gino einen Eimer, nur für den Fall der Fälle. Zudem wollte sie sich um Gino kümmern. Renate beriet sich unterdessen mit Stefan und Hannah, was zu tun wäre. Der Notarzt war nicht mehr da, aber ihn jetzt extra anzurufen wäre übertrieben. Wahrscheinlich hatte Gino nur zu viel gegessen. Sicher würde es ihm bald besser gehen. Sie würden ihn in jedem Fall im Auge behalten und bei Verschlechterung den Arzt rufen.

Ein Blick auf die Zeit. 14 Uhr. Endlich verabschiedeten sich die Polizisten. Wolfgang betrat den Speisesaal und verkündete erleichtert, dass nun alles wieder normal werden könnte und sie wie geplant verfahren würden. Nach einer kurzen Rede seinerseits – Begrüßung und Einführung ins ländliche Leben – geleitete er die Gruppe zunächst in die Scheune. Ein riesiges Gebäude, voller Strohballen – unterschiedlich hoch gestapelt. Eine Leiter führte auf eine Galerie. Von dort konnte man alles überblicken. Was für ein toller Abenteuerspielplatz! Auf vielen Strohballen waren Decken ausgebreitet. Das waren die Schlafplätze. Ellen und Sissi war das viel zu rustikal, sie rümpften verächtlich die Nasen. Hier wollten sie auf keinen Fall bleiben. „Stroh piekt und sticht“, behaupteten sie. Torsten begann immer heftiger zu niesen und schnaubte fortwährend in Papiertaschentücher. Jede Tasche, ob Hose oder Hemdtasche, schien ein Paket zu enthalten. Dennoch waren die meisten bald aufgebraucht. Seine Augen und seine Nase waren im Nu rot. Renate kümmerte sich sofort um ihn. Er entgegnete ihr, dass er lediglich allergisch gegen Heu und Stroh war. Es bräuchte einen Ortswechsel und frische Luft. Somit gingen er und Renate gemeinsam nach draußen. Als sich Torstens Zustand etwas gebessert hatte, führte Wolfgang seine Gäste durch die Ställe und pries die artgerechte Haltung an. Kühe, Schafe, Schweine. Im Pferdestall angekommen, lief Torsten plötzlich völlig rot im Gesicht an. Er bekam kaum noch Luft und brach kurz darauf zusammen. Die Anwesenden waren in heller Aufregung. Renate und Stefan reagierten umgehend. Stefan trug Torsten nach draußen und die Kinder stolperten hinterher. Renate ergriff das Telefon. Notruf. Am anderen Ende fragte jemand ungläubig: „Bauernhof Krümling? Da gab es doch heute schon einen Einsatz!“ Rasch fügte derjenige hinzu: „Kein Problem. Der Notarzt ist gleich bei ihnen.“ Anweisungen folgten, was bis zum Eintreffen des Mediziners getan werden müsste. Renate wiederholte laut, so dass Stefan reagieren konnte. Er bemühte sich zudem das Chaos ringsum zu organisieren. Fast jeder Schüler bekam eine Aufgabe: Wasser holen, Lappen und Handtücher für kühlende Umschläge, nach dem Krankenwagen sehen und den Weg freihalten. Tatsächlich schien das Kühlen Torsten gut zu tun. Die Geräusche seiner Lunge waren dennoch erschreckend. Was nun? Keiner hatte bemerkt, dass Anne losgerannt war, um Torstens Asthmaspray zu holen. Keuchend stand sie vor Renate und reichte ihr das Spray. Augenblicklich verabreichte Renate Torsten das Medikament. Auch wenn es kurzzeitig half, hoffte jeder, dass der Notarzt bald kommen würde. Hannah redete den Kindern gut zu, zur Beruhigung. Der Arzt würde gleich da sein und dann würde es Torsten besser gehen. Wolfgang stand völlig perplex daneben. Die Situation überforderte ihn. Damit hatte er nicht gerechnet. Seine Gedanken überschlugen sich. Heute reihten sie die Katastrophen aneinander. Hatte Trautchen doch Recht? Waren sie vom Pech verfolgt? Hing über ihrem Hof tatsächlich ein Fluch? So viele Zufälle gab es doch nicht?!

Keine zehn Minuten später war der Notarzt da. Kurz darauf traf der Krankenwagen ein – mit Blaulicht. Dies erregte Aufsehen und die Arbeiter kamen eilig herbei. Alle umringten die 6c. Der Mediziner untersuchte den Kranken und verabreichte mehrere Spritzen. Zuletzt wurde eine Sauerstoffmaske angelegt. Anschließend erklärte er, dass Torsten einen allergischen Schock erlitten hatte und ins Krankenhaus müsste. Renate atmete tief durch. Einerseits war sie froh, dass sich Torstens Zustand verbesserte, andererseits musste sie seine Mutter benachrichtigen. Abermals ergriff sie ihr Handy.

Torstens Mutter wirkte, als hätte sie auf Renates Anruf gewartet. Sie entgegnete am anderen Ende, dass sie umgehend zum Krankenhaus fahren würde, in welches Torsten gebracht wurde.
Bevor der Notarzt wegfuhr, bat Renate darum, dass er Gino auch gleich untersuchte und medizinisch versorgte. Gino hatte sich unterdessen mehrfach übergeben. Gut, dass der Eimer zur Verfügung stand.

„Also, wenn es morgen noch nicht besser ist“, meinte der Arzt im Anschluss, „sollten sie ihn im Krankenhaus vorstellen. Falls noch mehr Kinder die gleichen Symptome bekommen sollten, bitte den Notruf wählen.“ Weiter konnte er nicht sprechen. Wolfgang unterbrach ihn und wurde laut. Er war entrüstet: Auf seinem Hof sei alles sauber und ordentlich. Es gab keine Viren und Salmonellen.

Der Arzt gab sich große Mühe, Wolfgang zu beschwichtigen. Natürlich hatte er es nicht so gemeint. Selbstverständlich wusste er, dass der Bauernhof Krümling sich absolut vorbildlich an die Hygienevorschriften hielt. Die vielen Auszeichnungen im Essensraum zeugten davon. Nach längerem gut zureden, beruhigte sich Wolfgang schließlich wieder. Er wischte sich mit den Händen übers Gesicht und atmete tief durch.

Kaum war der Krankenwagen weg, bemühte sich Wolfgang zu seiner gewohnten Gelassenheit zurückzukehren. Er setzte seinen Rundgang fort. Obwohl es genügend Pferde gab, wurde das Reiten heute vorsichtshalber abgesagt. Die Gäste sollten etwas Harmloses tun. Er führte die Kinder zu den Kleintieren: Hühner, Enten, Gänse, Kaninchen und einige Puten. Bei den Kaninchen gab es Nachwuchs. Die Kleinen hoppelten munter in ihrem Gatter umher. Welch niedlicher Anblick! Vor allem die Mädchen fanden die Tierchen unfassbar süß und stürmten gleich auf sie zu. Nun war Streicheln und Knuddeln angesagt. Einige Kinder blieben länger in den Gehegen. Die anderen tollen munter herum. Leider gab es ein paar Stürze, aufgeschlagene Knien und Ellbogen, eingezogene Holzsplitter beim Klettern bzw. Abrutschen am Zaun. Sämtliche Wunden wurden von Trautchen und Helferinnen versorgt. Pflaster gab es zum Glück reichlich. Wolfgang brach schließlich die Führung ab. Das war definitiv zu viel für ihn. Keine weiteren Risiken. Morgen, meinte er, würde sich alles normalisiert haben und sie würden wie geplant verfahren.

Karsten und Klaus waren sauer. Sie wollten unbedingt die Landmaschinen besichtigen. Ihr Bitten und Betteln bei Wolfgang half nicht. Trotz Unterstützung ihrer Klassenkameraden, ließ sich Wolfgang nicht erweichen. Für ihn gab es keinen Zweifel: Heute würden noch mehr Katastrophen passieren, wenn er weitermachen würde. Das musste er unbedingt vermeiden. Der restliche Tag bzw. alle folgenden Aktivitäten sollte im Haus stattfinden.

Ein paar Filme über das Landleben und die Geschichte der Gegend stand nun auf dem Programm. Morgen, ja morgen würde alles besser werden.

Somit blieb den Kindern nichts anderes übrig, als sich – wie auch immer – anderweitig zu beschäftigen. Sie verteilten sich im Haus. Die meisten Kinder blieben am Ende im Speisesaal. Renate und Stefan bemühten sich, alle bei Laune zu halten mit Malen, Musik hören, singen, Brettspielen und Geschichten. Hannah gab einigen Mädchen Tipps zum Schminken und Fingernägel lackieren. Die Anwesenden staunten nicht schlecht als Hannah ihren Kosmetikkoffer öffnete und ihre Kosmetikartikel auspackte. Unglaublich viele Tuben, Döschen und Lippenstifte. Stefan meinte mit einem Augenzwinkern, dass sie offenbar einen Schminktag mit den Kindern eingeplant hätte. Mit Evi und Mona gab es abwechslungsreiche und interessante Gespräche. Zuletzt kristallisierte sich ein Zeitvertreib als Favorit heraus: Detektiv spielen. Es schien Spaß zu machen, herauszufinden, was genau passiert war und wer es gewesen sein könnte. Jeder Angestellte, der vorbeikam, wurde ausgefragt. Kalle notierte sich diverse Aussagen. Es ergab aber kein stimmiges Bild. Nur eines stand fest: Am Abend waren die Pferde noch da und am Morgen weg. Der Stallbursche war der Letzte, der die Tiere gesehen hatte. Er hatte sämtliche Türen verschlossen und die Riegel kontrolliert, wie immer. Niemand hatte etwas Verdächtiges gehört oder gesehen, keine Fremden, keine Hinweise, keine Auffälligkeiten. Der Hund war still gewesen. Nach den Aussagen der Befragten, bellte der Hund normalerweise nur tagsüber, wenn er nicht genügend Aufmerksamkeit erhielt. Ansonsten verkroch er sich für gewöhnlich in der Hundehütte, selbst wenn er nicht angeleint war. Evi und Mona hatten die Verhöre verfolgt und ließen sich auf aktuellem Stand halten. Am Abend hatten sie alle Angestellten und Arbeiter vernommen. Den Kindern der 6c brannte auf den Nägeln, sich alles noch einmal genauer anzusehen, die Ställe, das Tor usw. Leider durften sie immer noch nicht aus dem Haus. Es würde nur eine Ausnahme geben: Ihnen wurde zugesichert, dass sie, wie geplant, in der Scheune schlafen dürften.

Was nun? Nach diversem Wortwechsel zum Verbrechen, teilte sich die Klasse, denn es gab keine Aussicht, dass es eine Lösung des Rätsels geben würde.

Kalle und Klaus steckten ihre Köpfe zusammen und zogen sich letztlich in ihr Zimmer zurück, gefolgt von Paul. Enttäuscht grummelten sie vor sich hin. „So ein Mist“, schimpfte Kalle, „kein Anhaltspunkt, den Dieb zu finden. Außerdem wollte ich unbedingt die Traktoren sehen oder wenigstens eine der Landmaschinen. Bestimmt haben die hier einen John Deere 8370 oder wenigsten einen Claas Axion 950. Die können doch nicht einfach die Führung abbrechen?! Sauerei.“ „Beruhig dich“, entgegnete Klaus, „das kommt bestimmt morgen dran.“ Aber Kalle ließ sich nicht umstimmen. Er war überzeugt, dass es wieder nur Mädchenkram gäbe, wie reiten und Häschen streicheln. Langeweile würde sie überkommen. Womöglich würden sie sogar die Reise vorzeitig abbrechen. Paul lehnte sich schließlich zurück und ließ verlauten: „Tja, da werden wir uns wohl selbst um die Besichtigung kümmern müssen. In dem Gebäude mit den großen Türen sind ganz sicher die Traktoren und Mähdrescher.“ „Gute Idee“, erwiderte Kalle euphorisch, „das machen wir. Dann können wir uns vorher noch den Pferdestall genauer ansehen. Bestimmt finden wir Spuren. Also los!“ Schon war er aufgesprungen. Jedoch Klaus entgegnete: „Habt ihr vergessen, dass wir nicht nach draußen dürfen? Lasst uns lieber warten. Nach dem Abendbrot fragen wir noch einmal, ob wir wieder raus dürfen. Dann wird es nicht so sehr auffallen, dass wir alles genauer untersuchen werden. Derzeit sind zu viele Leute auf dem Hof.“ Paul fand sogar, dass die Aktion erst nachts – im Schutz der Dunkelheit – starten müsste. Missmutig setzte sich Kalle wieder. Er sah aber ein, dass die anderen recht hatten. In der hitzigen Diskussion hatte keiner bemerkt, dass Karsten inzwischen hereingekommen war. Die drei schreckten zusammen, als Karsten zu sprechen begann: „Wenn alle schlafen ist es viel sicherer. An eurer Stelle würde ich im Hellen das Gelände auskundschaften soweit es geht. Sonst weiß man nicht, wohin man im Dunkeln gehen muss. Ich habe vorhin eine Luke zum Dachboden entdeckt. Von dort haben wir sicher einen guten Überblick über das Gelände.“ Kalle, der sich zuerst gefangen hatte, schimpfte: Warum musste sich Karsten heranschleichen und die anderen derartig erschrecken? Doch bald hatte er sich wieder beruhigt. Sie rückten dicht zusammen. Gemeinsam schmiedeten sie Pläne. Als Conny ihre Stimme erhob, schreckten die Jungen erneut hoch. Sie hatten Connys Erscheinen genauso wenig bemerkt, wie Karstens zuvor. Conny hielt ihnen eine Moralpredigt. Gegen Anweisungen verstoßen war für sie Tabu. Sie war gegen die heimliche Besichtigung der Landmaschinen. Keine Aktionen, die Ärger bringen könnten. Einfach den Bauern fragen. Der würde sicher zustimmen, wenn man ihn mit Charme umgarnte. Aber die Vier waren sich einig. Fragen? Herrn Krümling? Nein danke.

Anne kam vorbei und blieb an der immer noch offenen Tür stehen. „Vielleicht solltet ihr besser die Tür schließen“, meinte sie schüchtern, „oder leiser reden.“ Sogleich verstummten die Gespräche. Conny schaute das Mädchen ernst an und ihre Augen funkelten wild als sie Anne anfuhr: „Wehe du sagst jemanden auch nur ein Sterbenswörtchen davon!“ Anne stieg die Röte ins Gesicht. „Weiß gar nicht, was du meinst“, murmelte sie, „hab ja gar nichts weiter gehört. Außerdem bin ich keine Petze.“ Ihr Blick fiel auf Paul. Das entging Conny natürlich nicht und noch viel weniger, dass sich auf Pauls Gesicht ein Lächeln gelegt hatte. Conny ging auf Anne zu und schob sie weiter mit der Aufforderung, sich mit anderen Dingen zu beschäftigen. Anne ging weg, ohne sich anmerken zu lassen, ob ihr diese grobe Abfuhr etwas ausmachte. Kalle schubste erst Klaus und dann Paul an. Sie wussten sofort, was Kalles Kopfbewegung bedeutete. Gemeinsam standen sie auf, gingen nach unten und untersuchten weiter das Haus. Conny blieb zurück und ärgerte sich, dass ihr Vorhaben sich Paul zu nähern und mit ihm zu reden, wieder einmal gescheitert war.

*

Bald war es Abend. Renate hatte endlich einen Kompromiss mit dem Bauern finden können. Die Ausgangssperre wurde aufgehoben unter der Bedingung, dass die Kinder in beaufsichtigten Gruppen unterwegs wären. Keine Einzelgänge! Stefan würde den Kindern, die draußen schlafen wollten, in der kommenden Nacht in der Scheune Gesellschaft leisten. Kalle, Klaus und Paul schluckten schwer. Das war ein ziemliches Hindernis für ihr Vorhaben. Ihr Plan hatte bis dahin so ausgesehen: Sich im Stroh zur Ruhe legen und sobald die anderen eingeschlafen wären, ihre Nachttour starten. Aber Stefans Ankündigung hieß, dass es unmöglich war, sich unbemerkt davon zu schleichen. Er hatte ein wachsames Auge. Jedes Geräusch würde ihn womöglich wecken und ihm würde garantiert nichts entgehen. Im Haus zu übernachten war somit die bessere Voraussetzung für die geplante, nächtliche Aktion. Zumindest gab es einen positiven Punkt. Es stellte sich heraus, dass es gut war, am Tage das Haus ausgekundschaftet zu haben. Auf diese Weise hatten sie eine Hintertür entdeckt, die zu den Pferdestellen führte. Man musste zwar durch die Kleintiergehege, was ein Umweg war, aber man könnte unbemerkt an das ersehnte Ziel gelangen. Zudem würden ihnen die dort vorhandenen Hecken genügend Sichtschutz geben. Notfalls könnte man sich darin auch verstecken. Neben den Pferdeställen befand sich ein Gebäude mit einem großen Tor. Garantiert standen dort Traktoren oder Mähdrescher. Eine gute Ausrede, falls sie bei der Tatortbesichtigung erwischt würden. Schließlich war die Landmaschinenschau ausgefallen und diese wollten sie unbedingt sehen.

Die Jungen warteten, bis alle zu Bett gegangen waren und es im Haus still wurde. 23 Uhr. Kalle, Klaus und Paul standen auf und zogen sich an. Vorsichtshalber flüsterten sie. Die Frage nach einer Taschenlampe beantwortete Paul mit: „Easy, hab alles dabei.“ Umsichtig schauten die drei aus der Zimmertür in den Flur. Nichts zu sehen. Auf leisen Sohlen tappten sie voran. Eine Diele knarrte. Sie hielten kurz inne. Hoffentlich hatte es keiner gehört. Kaum weitergelaufen, flüsterte plötzlich jemand: „Ihr wollt doch nicht etwa ohne mich gehen!?“ Karsten. Die anderen zuckten zusammen. Kalle schimpfte leise: „Mann, musst du uns so einen Schrecken einjagen? Beinahe hätte ich einen Herzinfarkt bekommen!“ „Pst“, zischte Karsten, „sonst weckst du die anderen.“ Schnell gingen die vier Jungen weiter und nach draußen. Sie duckten sich und schlichen vorwärts, so leise sie konnten. Unbemerkt kamen sie bis an die Hintertür des Pferdestalles. Karsten drückte die Türklinke herunter. „Verdammt, abgeschlossen“, stöhnte er. Enttäuschung breitete sich aus. „Versucht‘s mal mit einem dieser Schlüssel“, hörten sie eine leise Stimme sagen. Die Jungen erstarrten vor Schreck. „Anne?!“, rutschte den Jungen gleichzeitig heraus. Verblüfft nahmen sie zur Kenntnis, dass das Mädchen tatsächlich vor ihnen stand. Sie hielt einen Schlüsselbund in der Hand. Karsten fragte, woher sie ihn hätte. „Nun ja“, erklärte sie, „normalerweise sind die Gebäude abgeschlossen. Das haben zumindest die Angestellten gemeint. Nachdem ich euer Gespräch am Nachmittag mitgehört hatte, dachte ich mir, dass es helfen könnte, wenn man Genaueres weiß. Wie zum Beispiel, ob und wie die Anlage und das Gelände abgesichert sind. Es hätte ja sein können, dass es eine Alarmanlage gibt. Herr Krümling hat uns – also Silke, Bea und mir – die Büroräume gezeigt und alles ausführlich erklärt. Da habe ich diese Schlüssel gesehen.“ Sie hielt den Schlüsselbund hoch und fuhr fort: „Zudem hat er eine ganze Menge erzählt. Ich glaube, Herr Krümling war ganz froh, dass er mit jemandem reden konnte und von seinen Problemen abgelenkt wurde. Es ist gar nicht so leicht, einen Hof wie diesen zu halten.“ Sie hielt kurz inne und fügte hinzu: „Eine Alarmanlage gibt es jedenfalls nicht.“ „Hey, cool“, sagte Paul, „das hätte ich dir gar nicht zugetraut.“ Zum Glück war es Dunkel und niemand bemerkte,

wie die Röte in Annes Gesicht schoss. Die anderen Jungen waren ebenfalls beeindruckt. Schlüssel, Alarmanlage – daran hatten sie gar nicht gedacht. Anne folgte dem Licht der Taschenlampe, trat an die Tür heran und probierte einen Schlüssel nach dem anderen aus. Nach einigen Versuchen fand sie den Passenden. Rasch schlüpften alle hinein, ehe sie die Tür hinter sich schlossen.
Die Taschenlampe wanderte durch den Raum. Jede Bucht und jeder Winkel wurde beleuchtet. Dies beunruhigte einige Pferde. Anne hatte auch daran gedacht: Würfelzucker und einige Äpfel. Die Kinder verteilten sie an die Tiere. Leider entdeckte keiner auch nur einen klitzekleinen Hinweis, der zur Aufklärung des Diebstahls beitragen könnte. Enttäuscht gaben sie die Untersuchungen auf. Kalle bestand allerdings darauf, dass sie sich wenigstens noch die Traktoren ansehen sollten. Er wollte in jedem Fall ein Erfolgserlebnis, ehe er zu Bett ginge.

Ein vorsichtiger Blick zum Hund. Der schlummerte friedlich vor der Hundehütte. „Keine Gefahr“, flüsterte Anne, „eine Schlaftabelle in einer leckeren Wurst tut Wunder.“ Die Jungen waren sprachlos. Daran hatten sie überhaupt nicht gedacht. Leise schlich die Gruppe zum nächsten Gebäude. Endlich am Ziel. Diesmal war kein Schlüssel nötig, denn es war nicht abgeschlossen. Hier befanden sich tatsächlich jede Menge Landmaschinen. Staunend liefen sie von einem Fahrzeug zum Anderen. Direkt vorm großen Tor stand ein nagelneuer Traktor. „Wow, ein Case IH Magnum 380 CVX! Der hat 415PS!“, rief Kalle und kletterte flink in die Fahrerkabine. „Mann, das müsst Ihr euch unbedingt ansehen", meinte er. Die anderen stiegen hinterher. Paul half Anne hinauf. Für einen Moment sahen sie sich in die Augen. Doch keine Zeit für mehr. Kalle zählte fasziniert die technischen Details auf: „Cool. Mit Automatikgetriebe und Klimatronik!“ Plötzlich öffnete sich das Tor. Die Umrisse einer Person zeichneten sich ab. Das Licht ging an. Die nächtlichen Ausflügler erstarrten. „Hab ich‘s mir doch gedacht“, posaunte eine weibliche Stimme heraus, „ihr habt nur Unsinn im Kopf! Man kann euch nicht allein lassen!“ Conny. „Mann, mach das Licht aus! Oder bist du verrückt?!“, rief Klaus zurück, „auf diese Weise entdecken sie uns noch!“ Conny war jedoch unbeirrbar. Sie wollte die Aktion auffliegen lassen. Als sie Anne bemerkte, wurde sie sogar richtig wütend. In ihr hämmerte ein Gedanke: Schon wieder Anne. Eigentlich wollte Conny nur nach Paul sehen, doch der war nicht in seinem Zimmer. Ihr war das Gespräch der Jungen am Nachmittag eingefallen und sie hatte aus dem Dachfenstern geschaut. Dann hatte sie die Taschenlampe draußen bemerkt und war dem Licht gefolgt. Doch das behielt sie für sich. Lauthals schimpfte Conny: Wie konnte Anne diesen Quatsch auch noch mitmachen!? Die Jungen versuchten Conny umzustimmen und vor allem zu beruhigen. Sie wollten keine Unannehmlichkeiten mit den Erwachsenen. Conny sollte wenigstens leiser sprechen, sonst würde sie jemand hören, aber Conny blieb stur. Der Blödsinn würde sowieso rauskommen und die Beteiligten würden richtig Ärger bekommen, meinte sie. Auch der Versuch der Jungs, die Aktion herunterzuspielen, blieb ohne Erfolg. Während sie mit Conny stritten, stieg Anne vom Traktor. Sie schaltete das Licht einfach aus. Nun gab es Aufruhr. Alle redeten wild durcheinander. Kalle hatte mit einem Mal eine Idee

und die Lösung, wie er verkündete. Ehe sie jemand erwischen und bestrafen würde, könnten sie einfach abhauen – mit dem Traktor. Der Schlüssel steckte, das Haupttor stand offen und der Weg zur Straße war frei. Es gelang Kalle den Motor zu starten. Karsten reagierte sofort, hastete zu Anne und zog sie zum Fahrzeug. Paul schnappte sich ihre Hand und half ihr einzusteigen. Conny rannte hinterdrein und versuchte Anne wieder herunterzuziehen. Aber Klaus und Karsten zogen Conny gemeinsam mit einem kräftigen Ruck hinauf. Tür zu! Augenblicklich rollte der Traktor voran, ohne Licht. Kalle gab Gas. Conny schrie auf, aber Klaus hielt ihr den Mund zu. „Mann, sei still! Sonst bemerkt uns jemand. Wir sitzen alle im selben Boot. Wenn uns jemand erwischt, sind wir alle dran. Du auch", zischte er wütend.
Schon hatte der Traktor die Straße erreicht. In der Kabine war es ziemlich eng. Conny rappelte sich auf. Nach anfänglichem Schimpfen, was die anderen sich erlaubten, bemühte sie sich letztlich, die anderen umzustimmen. Sie sollten umdrehen, solange es noch möglich war. Aber keiner hörte auf sie. Conny meinte schließlich: „Ich hoffe, du weißt, was du tust, Kalle.“ Doch der hatte überhaupt kein Ohr für das Mädchen. Er lenkte den Traktor und konzentrierte sich intensiv auf das Fahren. Immer weiter die Straße entlang. Zügig entfernte sich das Gefährt vom Bauernhof. Unerwartet griff Conny ins Lenkrad. „Wir fahren sofort zurück!“, schrie sie. Aber Kalle erkämpfte sich lautstark das Lenkrad zurück. Beide rangen miteinander. „Seid ihr verrückt!? Hört sofort auf!“, brüllte Klaus, „Kalle schalt wenigstens das Licht an!“ Zu spät. Der Traktor geriet ins Schlingern, kam von der Straße ab und rumpelte querfeldein. Die Insassen wurden gehö-

rig durcheinandergeschüttelt. Ihnen wurde mulmig zumute, denn es polterte gewaltig unter den Reifen. Alle hielten sich krampfhaft fest, so gut sie konnten. Kalle drückte mehrere Schalter, aber das Licht ging nicht an. Er schien nicht so recht zu wissen, wie das in diesem Traktor funktionierte – oder überhaupt bei irgendeinem Traktor. Paul bemühte sich mit seiner Taschenlampe die Armaturen zu beleuchten. Gar nicht so leicht bei der Schaukelei. Leider blendete er damit Kalle, der das Lenkrad daraufhin erneut verriss. Das Fahrzeug raste einen sanften Hang herunter und wurde immer schneller. Mit einem Mal ging der Motor aus. Die Gruppe schrie nahezu zeitgleich auf. Man konnte nicht mehr ausmachen, wer „Bremsen“ und „Anhalten“ schrie. Plötzlich krachte der Traktor gegen ein Hindernis und blieb schlagartig stehen. Die Insassen stürzten durcheinander.

*

Langsam und stöhnend rappelten sich die Kinder auf. Die Kontrolle der Arme, Beine und der Köpfe ergab zum Glück, dass keiner ernsthaft verletzt war. Einige blaue Flecke und Prellungen, mehr nicht. Kalle drückte wiederholt den Startknopf. Leider tat sich nichts. Der Motor drehte kurz, sprang aber nicht an. Was nun? Vorsichtig öffneten sie die Fahrzeugtür. Alle kletterten nach draußen. Conny meckerte sofort los: „Was habt ihr euch bloß dabei gedacht?! Jetzt haben wir den Salat. Wir wissen nicht, wo wir sind! Na, danke auch.“ Klaus wurde ernst. „Hör auf, uns Vorwürfe zu machen. Das hilft nicht weiter“, sagte er, „zusammen gegangen, zusammen gehangen. Wir sitzen alle im gleichen Boot.“ Sie stritten, was zu tun sei. Am Ende gelang es Conny, die anderen zur Vernunft zu bringen. Sie würden gemeinsam zurückgehen. Vielleicht hatte noch niemand ihr Verschwinden bemerkt? Das Entwenden des Traktors würden sie erst einmal verschweigen. Später würde sich sicher eine Lösung finden. Irgendwie würden sie es Herrn Krümling schon beichten, zu einem passenden Zeitpunkt. Eine Frage blieb jedoch offen: Wie sollten sie zum Bauernhof gelangen? Keiner wusste genau, wohin und wie weit sie gefahren waren. „Easy", beruhigte sie Paul „hab doch die Taschenlampe. Wir brauchen bloß den Traktorspuren zu folgen. Wenn wir auf die Straße treffen, wissen wir, wo wir sind." Die anderen fanden den Vorschlag super. Nur Conny hielt widersprach schon wieder. Am Ende reichte es Klaus: „Sei endlich still, Conny. Man muss uns nicht auf zwanzig Kilometer hören. Wir wollen zurückkommen, ohne dass uns jemand bemerkt. Keiner muss etwas erfahren. Außerdem – so weit sind wir ja auch wieder nicht gefahren. Wir schaffen das." Die anderen stellten sich auf Klaus' Seite. Sie erklärten Conny, dass sie schließlich nicht ganz unschuldig an dieser misslichen Lage war, woraufhin sie verstummte. Offenbar hatte sich nicht mit so viel Widerstand gerechnet. Dummerweise hatten die anderen ja recht. Zudem ärgerte sie sich über sich selbst. Eigentlich wollte sie Pluspunkte bei Paul sammeln. Stattdessen hatte sie zickig und patzig reagiert. Ihre Chancen bei Paul sanken zusehends. Letztlich versprach Conny, dass sie nichts verraten würde. Eine Beratung über das weitere Vorgehen folgte. Paul übernahm kurzerhand die Führung. Er drehte sich aber immer wieder um, unauffällig zu Anne blickend, die dicht hinter ihm lief. Klaus passte auf, dass Conny bei der Gruppe blieb. Die anderen stapften hinterher.

Die Gedanken, was sie erwarten würde, beschäftigten sie. Daher sprachen sie kein Wort mehr. Außerdem war das Laufen anstrengend. Ihre Augen hatten sich erstaunlicherweise schnell an die Dunkelheit gewöhnt. Die Taschenlampe war eigentlich kaum nötig, denn der Mond schien relativ hell. Nach geraumer Zeit erreichten sie wirklich die Straße, der sie folgten. Dank der Traktorspuren ließ sich rasch herausfinden, in welcher Richtung sie gehen mussten. Bald sahen sie aus der Ferne den Bauernhof. Vorsichtig näherten sie sich dem Gelände. Anscheinend hatte niemand mitbekommen, dass die sechs Kinder weg waren. Selbst das Verschwinden des Traktors war unbemerkt geblieben, denn das Garagentor stand noch offen. Haus und Ställe waren dunkel. Lediglich leise Tiergeräusche waren zu hören. Sicherheitshalber nahmen die Kinder einen Umweg und schlichen durch die Kleintiergehege zum Hintereingang des Hauptgebäudes. Ehe sie das Ende des letzten Gatters erreicht hatten, gluckste plötzlich der Puter hinter ihnen. Beim Umdrehen erkannten sie, dass das Tier bereits bedrohlich nahe war. Der stattliche Truthahn könnte sie ernsthaft verletzen. Was nun? Paul leuchtete ihn mit der Taschenlampe an. Eventuell würde er dadurch erschreckt oder zumindest stehen bleiben? Leider beindruckte es das Tier in keiner Weise. Stattdessen versuchte es mit seinem Schnabel zu hacken, traf aber nicht. Anne kam ihm zuvor und schlug mit der Handkante den Vogel. Der Puter fiel um. „Wow“, meinte Paul trocken, „guter Schlag. Wo hast du das gelernt?“ Schüchtern erwiderte sie: „Ich gehe zu Karate.“ Allerdings konnte sie nicht weitersprechen, weil Kalle dazwischen ging. „Verdammt“, flüsterte er, „du hast ihn umgebracht! Was machen wir jetzt?!“ Er stieß wiederholt und vorsichtig den Truthahn mit dem Fuß an, doch der regte sich nicht. Conny holte tief Luft zum Schimpfen. Klaus ließ sie jedoch nicht zu Wort kommen. Barsch sagte er zu ihr: „Ruhe! Wir vergraben ihn. Dann merkt keiner, dass er tot ist." Karsten entgegnete: „Ich hab heute Schaufeln an einem der Ställe gesehen. Bin gleich wieder da." Sofort rannte er los. Kaum war er zurück, begannen die Jungen an einer geeigneten Stelle zu graben. Eine schweißtreibende Angelegenheit. Conny musste die Taschenlampe halten und Anne stand Schmiere. Endlich war das Loch tief genug. Erleichtertes Aufatmen. Als die Jungen aber den Puter anfassen wollten, um ihn in das Grab zu legen, sprang dieser unerwartet auf und rannte glucksend davon. Sprachlos starrten sie dem Tier hinterher. „Das darf doch nicht wahr sein", stöhnte Karsten außer Atem, „das glaube ich jetzt nicht." Er ließ sich auf dem Boden nieder und wischte sich den Schweiß von der Stirn. Die anderen taten es ihm gleich. Fassungslosigkeit machte sich breit. Was für eine Nacht?! Am Ende beschlossen sie, das Loch wieder zuzuschippen und die Schaufeln zurück zu bringen. Natürlich mussten sie sich noch waschen. Danach schlichen sie ins Haus. Auch das schien keiner bemerkt zu haben. Erschöpft fielen sie in ihre Betten.

Am nächsten Tag

Viel Zeit zum Ausruhen war den sechs Nachtschwärmern nicht geblieben. Kaum eingeschlafen, wurden sie hochgeschreckt. Renate ging von Raum zu Raum und riss die Türen auf. „Aufstehen, meine Lieben! Es ist 8 Uhr. Ein sonniger Tag erwartet uns!“, rief sie fröhlich und „Frühstück ist fertig!“ Kalle stöhnte: „Was?! Erst 8 Uhr!?!“ Karsten bekam seine Augen kaum auf. Paul schlurfte an der offenen Tür vorbei. „Wie kann man um diese Zeit schon so gut drauf sein?“, brummte er verständnislos. Verschlafene Stimmen und geisterhafte Gestalten drangen aus den Zimmern in den Flur. Sie suchten die Waschräume und Toiletten auf. Alle waren sich einig: 8 Uhr war eindeutig zu früh.

Kalle, Karsten, Klaus, Paul, Anne und Conny steckte ihr nächtlicher Ausflug tief in den Knochen. Völlig übermüdet betraten die Kinder den Speisesaal. Der verführerische Duft nach frischem Brot, Kakao und Kaffee weckte allerdings ihre Lebensgeister. Es war ein reichhaltiges Buffet aufgebaut mit Honig, Marmelade, Eiern in allen Variationen und vielem mehr. Alles was man sich denken konnte, war appetitlich angerichtet. Nach kurzem Augenkontakt der sechs Ausflügler untereinander, taten sie es den anderen gleich: Teller nehmen und mit Essen befüllen. Gino, dem es offenbar besser ging als am Tage zuvor, hatte einen großen Berg an Leckereien aufgeladen. Ein Strahlen lag auf seinem Gesicht.
Die Stärkung tat gut. Endlich genug Kraft, um klare Gedanken zu fassen. Doch bald gerieten die alle er-

neut in helle Aufregung, denn draußen brauste schon wieder ein Polizeiwagen mit Blaulicht heran und bremste scharf. Evi und Mona öffneten sofort einige Fenster und alle Kinder drängten sich davor, um vom Geschehen auf dem Hof nichts zu verpassen.

Beim Blick aus dem Fenster erkannten sie Walter und Joe, die Polizisten, sowie Wolfgang. „Meine Leute haben die offene Garagentür bemerkt und den fehlenden Traktor“, hörten sie Wolfgang berichten, „dann haben sie mich sofort alarmiert. Weit können die Diebe nicht gekommen sein. Der Tank war nahezu leer, denn das Fahrzeug wurde ja erst geliefert. Wir waren noch nicht zum Auftanken gekommen.“ Der Hund räkelte sich eben. Anscheinend war er gerade aufgewacht. Verschlafen taumelte er ein paar Schritte und verkoch sich dann in der Hundehütte. Trautchen lamentierte nebenbei: „Oh nein, oh nein. Jetzt auch noch der nagelneue Traktor! Die Pechsträhne reißt nicht ab.“ Leider konnten die Lauscher kein weiteres Wort verstehen, denn Natascha machte sich im Hintergrund geräuschvoll bemerkbar. „Ihr könnt das Frühstück doch nicht einfach so stehen lassen. Aufessen, bitte“, sagte sie und klatschte in die Hände. Natascha sorgte dafür, dass jeder wieder Platz nahm und sich noch Nachschlag holte. Klaus behielt Conny im Auge, weil er befürchtete, dass sie ihr Geheimnis verraten könnte. Sie hatte zwar versprochen, dicht zu halten, aber er kannte sie. Sicherheitshalber nahm er neben ihr Platz. Conny beobachtete Renate, die von Tisch zu Tisch ging und die Kinder nach ihrem Befinden fragte. Klaus’ Befürchtung schien wahr zu werden. Conny wirkte, als würde sie jeden Moment platzen, wenn sie nicht auf der Stelle reden könnte. Ehe Renate Conny erreichte, fauchte Klaus Conny leise zu: „Untersteh dich! Du hängst mit drin.“ Conny überlegte kurz. Ein Blick zu Paul, der sich eben zu Kalle und Karsten gesetzt hatte. Dann biss sie sich auf die Lippen und stopfte sich Toast in den Mund. Auf diese Weise musste sie Renate keine Antwort geben. Mit vollem Mund spricht man schließlich nicht. Ein verschmitztes Lächeln. Hoffentlich hatte Renate nichts von Connys innerer Unruhe mitbekommen. Aber auch Evi und Mona waren nervös. Leise tuschelten sie miteinander. Immer wieder schauten sie zu den Fenstern hinüber.

Letztlich kam Wolfgang herein. Er begrüßte zunächst seine Gäste. Danach räusperte er sich und erklärte kurz die Lage. „Es tut mir schrecklich Leid, euch das sagen zu müssen: Aber jemand hat letzte Nacht das Garagentor geöffnet und den neuen Traktor gestohlen. Die Spurensicherung rückt gleich an. Das heißt, dass sich der heutige Plan bedauerlicherweise ändern wird. Die Polizisten bitten darum, dass alle im Haus bleiben, bis sie ihre Arbeit erledigt haben.“ Nun gab es missbilligendes Stöhnen und Diskussionen. Am Vortag war doch schon der schöne Plan komplett geändert worden. Und nun noch einen Tag tatenlos herumsitzen! Renate und Stefan hatten zu tun, die Kinder und Hannah zu beschwichtigen. Hannah war unglaublich enttäuscht. Als Pferdenärrin hatte sie sich unheimlich auf das Reiten gefreut. Momentan sah es so aus, als würde der Ausflug zu Pferde erneut ausfallen. Es half alles nichts. Alle mussten im Haus bleiben. Wolfgang verließ den Raum, mit einer Sorgenfalte auf der Stirn. Die Zurückgebliebenen teilten sich auf. Einige machten sich noch einmal über das Frühstücksbuffet her. Gespannt verfolgten die übrigen am Fenster das Geschehen draußen. Ein Polizeitransporter hielt an, aus dem Leute ausstiegen. Sie sperrten das Gelände ab und begannen ihre Untersuchungen. Kalle und Karsten ließen sich keinen Moment entgehen. Paul hatte sich unterdessen zu Anne gesellt und fragte sie aus, was es mit dem Karate auf sich hatte und wie sie dazu kam. Conny beobachtete die beiden und wie ihre Augen während des Gesprächs leuchteten und eine leichte Röte in ihre Wangen stieg. Klaus wich nicht von Connys Seite. Offenbar befürchtete er noch immer, dass sie ihre gemeinsame Aktion verraten könnte. Er bemerkte mit einem Mal Connys Blick gegenüber Anne. „Was hast du eigentlich gegen Anne?“, fragte er Conny direkt. „Wie die sich an Paul ranmacht!“, entgegnete Conny unwirsch, „was denkt die denn, wer sie ist?! Paul gibt sich doch nicht mit so einer grauen Maus ab.“ Klaus zuckte die Schultern und meinte nur: „Sie scheinen sich zu mögen.“ Conny Gesichtsausdruck wurde verbissen, wie zur Faust geballt. Bloß nicht heulen, dachte sie. „Nach allem, was ich für ihn getan habe“, rutschte ihr heraus. Im selben Moment war es ihr peinlich so viel von ihren Gefühlen preisgegeben zu haben. „Es ist nicht so, wie du denkst“, fügte sie rasch hinzu. Klaus grinste, denn er hatte längst verstanden. „Mhm, du magst ihn also“, sagte er listig, „was willst du denn mit Paul? Also ich finde, du und ich, wir passen viel besser zusammen.“ Jetzt wurde Conny rot und brachte kein Wort mehr hervor. Das hatte sie keineswegs erwartet. Meinte Klaus das ernst oder machte er sich lustig? Unerwartet hörten sie in diesem Moment Mona und Evi im Hintergrund tuscheln. „Keine Angst. Sie haben nichts herausgefunden, sonst hätten Papa oder Onkel Walter längst etwas gesagt.“ Mona hatte das gesagt. Als Conny und Klaus sich zu ihnen umdrehten, verstummten die Mädchen abrupt. Keine Chance, mehr zu erfahren, denn Stefan kam auf sie zu. Er und Renate gaben sich die größte Mühe, die Kinder zu beschäftigen. Keiner sollte auf dumme Gedanken kommen. Eine Spielidee nach der anderen wurde ausprobiert. Hannah telefonierte unterdessen. Zwischendrin kamen Walter und Joe herein und befragten jeden Einzelnen, was er oder sie seit gestern getan hatte. Dazu zitierten sie nacheinander das gesamte Personal, die Anwohner und die Gäste in Wolfgangs Büro. Bevor Conny an der Reihe war, erinnerte Klaus sie noch einmal daran, dass er und die anderen fünf sie als Mittäterin benennen würden, falls sie auspacken würde. Mit gemischten Gefühlen beobachtete er Conny, als sie aufgerufen wurde. Ihre Anspannung war nicht zu übersehen. Klaus und die anderen Ausflügler ließen keinen Blick von ihr. Kaum war Conny zurück, bekundete sie ein kurzes Kopfschütteln. Das hieß, sie hatte dicht gehalten. Nun war Klaus dran. Es folgten erwartete Fragen: „Wie heißt du?“ „Wo warst du gestern Abend?" „Was hast du gemacht?" „Hast du etwas Auffälliges bemerkt?" Klaus gab sich ahnungslos. Sein Herz pochte dennoch heftig. Die Polizisten machten sich Notizen. Nach einigen Minuten wurde er entlassen. Mit Erleichterung verließ Klaus das Büro. Der Nächste wurde ins Büro zitiert.

*

Gegen Mittag tuckerte plötzlich draußen ein Traktor und Pferde wieherten. Der Hund kläffte aufgeregt. Nun gab es kein Halten mehr. Alle stürmten hinaus. Trautchen war auch schon zur Stelle: „Jesus und Maria! Der gestohlene Traktor und die entführten Pferde!

Was für ein glückliche Wendung!“ Die Arbeiter des Hofes eilten ebenfalls herbei. Walter wies die Anwesenden mit Nachdruck an, zu bleiben, wo sie waren. Keiner sollte mögliche Spuren zertrampeln. Es hörte aber niemand auf ihn. Alle umringten das Gefährt und die Tiere. Lautstark verkündeten sie ihre Verwunderung und Freude. Der Bullenfänger des Fahrzeugs wies zwar Schäden auf, aber ansonsten schien der Traktor erstaunlich gut in Schuss zu sein. Die Pferde machten auch einen gepflegten Eindruck, als wären sie gut versorgt worden. Walter und Joe gaben sich alle Mühe, die Menge zurück zum Haus zu bringen und zu beruhigen. Allerdings ohne Erfolg. Zuletzt gab Walter auf und diskutierte mit Wolfgang. Am Ende winkte Wolfgang Evi und Mona zu sich. Joe gelang es endlich die Aufmerksamkeit der Anwesenden zu erlangen. Sie bildeten einen Kreis. Jeder lauschte nun gespannt Walters Worten. „Die Pferde wurden am Weiher gefunden. Zudem gibt es unzählige Kinderfußspuren. Evi, Mona“, sagte er streng, „habt ihr uns etwas mitzuteilen?“ Mona schüttelte den Kopf. Aber Evi rief: „Jetzt behältst du doch die Hermine, Papa, oder?“ „Evi“, fuhr Wolfgang ernster denn je fort, „hattest du etwas mit dem Verschwinden der Pferde zu tun?“ Evi ignorierte seine Frage. „Du darfst die Hermine aber nicht verkaufen“, meinte sie, „die Rosi und die Penelope sind sonst traurig. Die drei waren bisher immer zusammen, wie eine Familie.“ Ehe Wolfgang schimpfen konnte, ergriff Joe das Wort. „Stimmt's Evi, du hast dir Sorgen um die Pferde gemacht?“, fragte er einfühlsam. Evi bestätigte kopfnickend. „Und dann hast du dir gedacht, wenn du die drei Pferde versteckst, dann bleiben sie zusammen. Am Weiher haben sie genug Futter und Wasser. Um die Geschichte zu vertuschen, hast du dann die Tür aufgebrochen. Oder?“, fuhr Joe fort. Die Angesprochene schwieg bockig und verschränkte die Arme. Joe hockte sich vor Evi hin und schaute sie ernst an. Mona stellte sich mit einem Mal vor Evi. „Nein, das war meine Idee“, sagte Mona. Wolfgang rang nach Luft. „Das darf doch nicht wahr sein!“, polterte er los. „Aber das mit dem Traktor ging eindeutig zu weit!“, bohrte Walter nach. Allerdings beteuerten Evi und Mona, dass sie nichts damit zu tun hätten. Wolfgang war mit seinen Nerven am Ende und schimpfte mit seinen Töchtern. Joe ergriff Partei für die Mädchen: „Das mit dem Traktor passt auch nicht dazu. Die Pferde waren in Sicherheit. Das Fahrzeug zum Versteck zu bringen wäre unklug gewesen. Nein, das war jemand anderes, einer, der Zugang zu den Schlüsseln hat.“ Die Arbeiter ringsum gerieten in helle Aufregung. Empörte Diskussionen entbrannten. Jeder von ihnen hatte Zugang zu Wolfgangs Büro, wo die Fahrzeugschlüssel aufbewahrt wurden. Sie waren verärgert, dass ihnen eine derartige Tat zugetraut wurde. Wer sollte es gewesen sein und warum? Alle waren froh, dass sie hier arbeiten durften und würden ihren Job keinesfalls aufs Spiel setzen. Gutes Arbeitsklima und pünktlich Geld. Walter ging seine Aufzeichnungen durch. „Okay“, meinte er nachdenklich, „Wolfgang hat drei Mädchen die Büroräume gezeigt. Bitte mal vortreten, wer das war.“ Renate wurde heiß und kalt. Nervös fasste sie sich an den Hals. Sollte tatsächlich einer ihrer Schüler so etwas getan haben? Nein, sie hatte am Abend zuvor extra geprüft, ob alle schliefen. Als sie zudem Silke, Bea und Anne vortreten sah, war sie überzeugt, dass Walter sich irren musste. Sie verteidigte ihre Schützlinge. Walter blieb unbeirrbar und führte sein Verhör fort. Jede Verdächtige wurde ausgefragt. Als Anne in die Zange genommen wurde, mischte sich Paul ein: „Sie hat damit nichts zu tun.“ Nun wurde Walter hellhörig. Das sollte Paul näher erläutern, denn eigentlich schliefen alle gegen 22 Uhr. Jungen und Mädchen getrennt. Woher sollte Paul wissen, dass Anne das Haus nicht verlassen hatte? Paul bemühte sich um eine glaubwürdige Ausrede. Toilettengang.

„Ich hab‘s gleich gesagt“, brach es plötzlich aus Conny heraus, „es kommt alles raus.“ Klaus stieß sie an. Zu spät. Walter war schon zur Stelle. „Na, dann erzähl mal“, forderte Walter sie auf. Conny brauchte aber nichts berichten, denn Kalle schimpfte: „Du bist und bleibst eine Petze!“ „Das war gar nicht böse gemeint“, fiel Karsten ihm ins Wort, „wir haben uns so auf die Besichtigung der Landmaschinen gefreut und dann ist alles ausgefallen, wegen der blöden, gestohlenen Pferde. Nur ansehen hatten wir geplant, ehrlich. Der Schlüssel steckte und der Rest ist einfach passiert. Wir hatten solche Angst, Ärger zu bekommen.“ Das konnte keiner fassen. Die Anwesenden redeten wild durcheinander. Am Ende setzte sich Joe durch. „Ruhe! Bitte beruhigt euch. Eigentlich ist gar nichts Schlimmes passiert“, sagte er, „Pferde und Traktor sind wieder da. Zudem ist das Fahrzeug nahezu unbeschädigt. Kommt schon! Das waren nur harmlose Kinderstreiche.“ Walter zugewandt fuhr er fort: „Bestimmt hast du in deiner Kindheit auch mal Unsinn angestellt, oder?“ Walter verwehrte sich kategorisch gegen solche Äußerungen. Joe blieb aber beharrlich. Am Ende sagte er Walter zugewandt: „Wenn Wolfgang seine Anzeigen zurücknimmt, ist doch alles gut. Er müsste auch nicht mit den Mitarbeitern des Jugendamtes sprechen. Zudem hatte ja auch jemand vergessen, den Fahrzeugschlüssel sicher zu verwahren.“ Nun stand Wolfgang völlig perplex da. Jugendamt?! Evi und Mona ins Kinderheim? Daran hatte keiner gedacht. Entsetzen breitete sich aus. Alle Augen richteten sich letztlich auf Wolfgang. Es schien ihm Unbehagen zu bereiten. Wie sollte er sich entscheiden? „Nun ja, es ist ja keiner zu Schaden gekommen“, stammelte er. „Evi, Mona“, fügte Wolfgang streng hinzu, „denkt ja nicht, dass ihr ungestraft davonkommt.“ Überglücklich fielen ihm beide Mädchen um den Hals. „Danke, Papa“, sagte Mona und Evi zugleich, „du bist der Beste.“ Kaum hatte sich Wolfgang gefangen, musterte er streng die Kinder der 6c: „Nun zu euch. Sagt die Wahrheit: Wer hing in der Sache noch mit drin? Ansonsten bekommen alle eine Strafe!“ Stefan ergriff Partei. So einfach ginge das nicht. Die 6c traf keine alleinige Schuld. Das wäre garantiert nie passiert, wenn alles normal verlaufen wäre. Kalle und Karsten traten dennoch vor, ebenso Anne und Paul. Klaus gab Conny einen Schubs und stellte sich anschließend daneben. Renate bekam weiche Knie: „Also, das kann ich mir gar nicht erklären.“ Zu mehr war sie nicht im Stande. In ihrem Kopf spielte sich das Vorgehen ab, wie sie die Eltern anrufen würde und ihnen erklärte, dass es Schadenersatzansprüche gäbe. Was sollte sie zu ihrer Verteidigung sagen? Sie hatte die Aufsichtspflicht!

Stefan verhandelte mit Herrn Krümling. So schlimm sah der Traktor schließlich nicht aus. Ganz sicher würden die Kinder so etwas nie wieder tun. Bestimmt könnten sie sich einigen. Sein Vorschlag war, dass die betroffenen Kinder eine - wie auch immer geartete - Entschädigungsleistung erbringen könnten. Nach kurzer Beratung, lenkte Wolfgang ein. „Ihr sechs und ihr beide, Evi und Mona, werdet zur Strafe den Kuhstall ausmisten und die Pferde striegeln“, legte er schließlich fest. Doch Letzteres wollten unbedingt die anderen Mädchen und Hannah erledigen. Sie hatten so lange darauf gewartet, mit Pferden in Kontakt zu kommen. Wolfgang schlug die Hände über seinem Kopf zusammen. „Dann eben nur den Kuhstall!“, knurrte er. Leider konnte er auf den Verkauf der Zuchtstute nicht verzichten. Er benötigte das Geld für seinen Betrieb. Der Käufer wollte zudem nur ein Tier, nicht drei. Evi und Mona versprach er, dass es Hermine gut gehen würde. Am Ende gab es eine Einigung. Nun konnte sich alles normalisieren. Erleichterung bei Jedermann.

*

Wie besprochen, wurde verfahren. Ein Vorabeiter, wurde als Aufsichtsperson für die acht „Strafarbeiter“ bestimmt. Der stämmige Mann erklärte, wie man die Mistgabel halten musste. Der Kuhmist wurde auf Schubkarren geladen und dann in eine Biogasanlage transportiert. Den Transport übernahmen weitere Arbeiter, denn das wäre für die Kinder zu schwer geworden.

Das Säubern des Kuhstalls war eine schweißtreibende Angelegenheit. Genug Zeit zum Reden. Evi und Mona berieten, ob eine andere Lösung für die Pferde in Frage gekommen wäre. Vielleicht hätten sie früher mit ihren Eltern reden sollen? Die Schüler der 6c hingegen warfen ihnen vor, dass sie die Schuld tragen würden. Wegen den beiden war der komplette Besuchsplan geändert worden. Unter normalen Umständen wäre es nie nötig gewesen, die Traktoren heimlich zu besichtigen. Dabei war dies nur die halbe Wahrheit. Schließlich hatten sie vorher die Ställe auf Spuren untersucht. Doch Evi und Mona waren nicht auf den Mund gefallen und hielten dagegen. Was hatten sie auch im Dunkeln draußen zu suchen? Außerdem hatten die Sechs die Türschlüssel heimlich besorgt. Jeder schien die Schuld auf die anderen zu schieben. Der Vorarbeiter bemühte sich mit Rat und Tat zur Seite zu stehen und den Streit zu schlichten. Am Ende gelang es ihm sogar, die Beteiligten zu beruhigen. „Blöd gelaufen“ und „das macht man eigentlich nicht“ war letztlich die einhellige Meinung. Die Kinder schüttelten sich nach getaner Arbeit die Hände. Erleichterung breitete sich unter ihnen aus. Allerdings waren sie schmutzig und stanken entsetzlich nach Dung. So wollten sie auf keinen Fall zu den anderen gehen. Nach Ausgiebigem Duschen und frischer Wäsche fühlten sie sich besser.

Die anderen hatten währenddessen die Schafe besucht und sich zeigen lassen, wie man Wolle spinnt. Das wäre eigentlich erst am letzten Tag dran gewesen, aber Wolfgang wollte auf keinen Fall, dass noch jemand Dummheiten anstellen würde. Ausnahmslos jeder sollten beschäftigt werden. Allerdings durften die Kinder bei der Arbeit nur zusehen. Sicher ist sicher, meinte Wolfgang.

Gegen 13 Uhr trafen sich alle im Speisesaal wieder. Nach einem ausgiebigen Mittagsmahl ging es zum nächsten Tagesordnungspunkt weiter. Melken und die Herstellung von Butter standen als nächstes auf dem Plan. Wolfgang hielt einen kurzen Vortrag über Kühe, welche Arten es gab und wie man sie nutzen konnte. Mit Begeisterung erklärte er jedes Detail, angefangen von der Haltung und dem Melken bis zur Herstellung von Quark und leckeren Steaks. Da bislang der Tag ohne weitere Katastrophen verlaufen war, wurde Wolfgang zugänglicher. Ein paar Freiwillige durften nun das Melken ausprobieren. Einzeln traten die Kinder an eine Kuh heran. Eine Melkerin erklärte genau, was zu tun war. Ganz schön schwierig, aus einer Zitze Milch spritzen zu lassen. Das Tier blieb friedlich und ließ die Ungeschicklichkeit der Kinder über sich ergehen. Genüsslich kaute die Kuh an frischem Futter. Evi und Mona hielten sich im Hintergrund. Sie kicherten jedoch immer wieder, wie tollpatschig sich die 6c anstellte. Ronny stellte letztlich klar, dass Auslachen unfair war. „Entschuldigung. Das war nicht so gemeint. Es sieht nur lustig aus", gab Mona zur Antwort, „das Melken übernehmen normalerweise Maschinen. Per Hand macht das keiner mehr. Das ist nur für die Touristen." Plötzlich erstarrte sie. Leon, der eben an der Reihe gewesen war, klatsche der Kuh flapsig auf den Po. Das Tier mochte dies offensichtlich nicht und trat zu. Der Junge flog ein Stück durch die Luft und blieb danach am Boden liegen. Renate schrie auf, ehe sie loslief. Wolfgang war erschüttert, hatte er bis eben noch angenommen, dass Normalität eingekehrt wäre, wurde er eines Besseren belehrt. Stefan zückte sein Handy und rief den Notarzt an. Die Stimme am anderen Ende klang verwundert. Schon wieder Bauernhof Krümling? „Auf keinen Fall den Verletzten bewegen", hieß die wichtigste Anweisung.

Der Krankenwagen war keine zehn Minuten später da. Die Untersuchung ergab, dass Leon eine Rippe gebrochen und ein paar Prellungen erlitten hatte. Schlimmeres schien nicht zu sein. Glück gehabt! Eine Röntgendiagnostik war dennoch unumgänglich. Vorsichtig wurde Leon in den Krankenwagen geladen. Renate schluckte schwer, nahm aber gleich ihr Telefon aus der Tasche und rief Leons Eltern an.

Um vom Geschehen abzulenken, führte Wolfgang seine Besucher zur Tenne. Hier waren Tische, Stühle und diverse Geräte aufgebaut. Mit Hilfe des Butterfasses konnte man Butter herstellen. Die Kinder versuchten sich daran. Natürlich untersuchten einige die Gefäße genauer. Leider stellte sich Micha ungeschickt an und traf mit dem Stößel Ellens Kopf. Sie schimpfte und fasste sich mit ihren Hände an die schmerzende Stelle – eine Platzwunde, die stark blutete. Renate blieb nichts anderes übrig, als mit ihr den nächsten Arzt aufzusuchen. Ein Mitarbeiter des Bauernhofes war so nett und fuhr sie hin. Den Notarzt wollten sie nicht schon wieder bemühen, war er doch eben erst weggefahren. Fortan beschäftigte Natascha die Gäste. Sie hatte Brotteig vorbereitet. Alle durften sich eine Handvoll davon abnehmen und ihn kneten. Nach Anleitung formte jeder sein eigenes Brötchen. Wer mochte, konnte richtig kreativ werden. Die Kinder taten ihr Bestes. Bald alberten sie herum. Natascha ging mit Backblechen herum und sammelte die entstandenen Kunstwerke ein. Sissi erstarrte mit einem Mal. „Mein Ring ist weg!“, rief sie, „der war nagelneu!“ Auf dem Blech sahen aber die meisten Brötchen ziemlich gleich aus. Hektisch drückte Sissi einige zwischen den Fingern breit bis Natascha sie stoppte. Tränen standen in Sissis Augen. Keine Chance herauszufinden, in welchem Laib das Schmuckstück stecken könnte. Was nun? Natascha hatte die Idee. Sie würden ein Spiel daraus machen. Es gab genügend Brötchen, so dass jeder eines abbekommen würde.

Perfekt! Nach dem Backen würden die Brötchen verteilt. Wer den Ring fände hätte gewonnen. Die Belohnung wäre ein Glas mit hausgemachter Marmelade. Alle waren einverstanden.
Nun führte Wolfgang die Besucher zu den Pferden und übergab alles Weitere seinen Mitarbeitern. Er selbst hatte wichtige Dinge zu tun. Sein Job bestand aus mehr als Besucherbetreuung. Ganz sicher genoss er auch die Pause und hoffte darauf, dass es keine neuen Verletzten geben würde.
Junge Leute übernahmen die Gruppe. Zwei Männer führten die Tiere je an einer Longe im Kreis und eine nette Dame half beim Auf- und Absteigen. Allerdings mochten etliche Kinder nicht reiten. Es genügte ihnen auf den Zaun zu klettern und zuzuschauen. In der Tat bot sich ihnen ein amüsantes Schauspiel. Nicht jedem gelang es auf Anhieb, sich auf den Sattel zu schwingen. Einige Beine waren zu kurz oder der Schwung war zu viel. Es gab aber genügend Helfer, die auffangen konnten. Endlich war Hannah an der Reihe. Überglücklich strahlte sie übers ganze Gesicht. Sie konnte kaum erwarten, auf dem Sattel zu sitzen. Sogar ihr Handy steckte sie weg, mit dem sie die ganze Zeit fotografiert und gechattet hatte. Aus einem unerfindlichen Grund, schien das Pferd Hannah nicht zu mögen. Es wehrte sich heftig und bäumte sich wiederholt auf. Hannah tat ihr Bestes und klammerte sich an den Sattel. Dennoch konnte sie sich am Ende nicht halten. Trotzdem die Helfer dem Tier gut zuredeten, beruhigte es sich nicht. Stattdessen riss es sich los. Beim letzten Aufbäumen, fiel Hannah herunter. Umgehend waren die Männer losgerannt, um Hannah aufzufangen. Leider zu spät. Hannah schlug rücklings hart auf dem Boden auf. Vor Schmerz stöhnte sie. Wenigstens

war sie bei Bewusstsein und konnte sagen, dass ihr Rücken wehtat. Es half nichts. Der Notarzt musste erneut gerufen werden. Die Stimme am Telefon entgegnete ihnen: „Lassen sie mich raten – Bauernhof Krümling. Was können wir diesmal für sie tun?“ Stefan fand es aber gar nicht lustig. Die Lage war sehr ernst. Hannah schien sich schwer verletzt zu haben, aufstehen unmöglich. Ronny war untröstlich und hielt seiner Mutter die Hand. Nach zehn Minuten war der Krankenwagen schon da. Fast zur gleichen Zeit kamen Renate und Ellen zurück. Ein großer Verband zierte den Kopf des Mädchens. Ungläubig starrte Renate auf den Krankenwagen, ehe sie zur ihren Schülern eilte. Die Mediziner legten Hannah vorsichtig auf die Trage und transportierten sie zum Fahrzeug. Mit Blaulicht jagte der Wagen davon. Voller Sorge schaute Ronny dem Fahrzeug hinterher. Die anderen kümmerten sich liebevoll um ihn und versuchten, ihn zu trösten. Er solle nicht traurig sein. Seiner Mutter würde es bestimmt bald besser gehen, denn sie war in guten Händen.

Wolfgang traf ein. Als er die schreckliche Nachricht berichtet bekam, war er total fassungslos. So viele Missgeschicke in zwei Tagen hatte er in all den Jahren auf dem Hof noch nicht erlebt. Das Reiten wurde kurzerhand abgebrochen, zum Unmut einiger Mädchen. Wolfgang redete eindringlich auf Renate und Stefan ein. Es musste doch möglich sein, dass sie ihre Gruppe unbeschadet über die verbleibende Zeit bringen würden. Was war das nur für eine Chaosklasse?! Renate und Stefan wehrten sich gegen die Vorwürfe. Das alles war doch ohne Absicht. Wolfgangs Mitarbeiter mischten sich ein und beteuerten, dass Renate und

Stefan keine Schuld traf. Der Sturz war nur ein unglücklicher Zufall. Keiner konnte sich erklären, warum die sonst so lammfromme Stute so wild geworden war. Sie machten Wolfgang darauf aufmerksam, dass die Besucher auch den Bauernhof deswegen verklagen könnten. Die Verantwortung lag bei ihm. Im gleichen Atemzug redeten sie auf Renate und Stefan ein. Das Pferd war normalerweise absolut friedlich, anderenfalls hätten sie es nicht zum Reiten zugelassen. Wolfgang ließ sich aber nicht erweichen. Seine Meinung stand fest - Hausarrest. Wohl oder übel gingen alle zurück zum Haupthaus. Bis zum Abendbrot war es eh nicht mehr lange hin.

Am Lagerfeuer

Am Abend hatten sich die Gemüter wieder beruhigt. Nicht zuletzt wegen der guten Nachrichten. Das Krankenhaus hatte vermeldet, dass Hannah keine ernsthaften Verletzungen davongetragen hatte, lediglich Prellungen und ein Nerv war eingeklemmt. Allerdings könnte die Heilung ein paar Wochen dauern. Frau Krümling, Leon und Torsten mussten ebenfalls noch im Krankenhaus bleiben. Es ging ihnen aber den Umständen entsprechend gut.
Ellen war besorgt, ob ihr Kopfverband auch zu ihrem Outfit passte. Bea und Sissi schmückten den Verband mit Tüchern und meinten: Sie solle froh sein, denn es hätte auch schlimmer kommen können.

Die Mitarbeiter des Hofes luden die Gäste zum Grillen ein. Auf einer Wiese wurde ein Lagerfeuer entfacht. Alle setzten sich darum herum. Bald wurde gesungen und Witze erzählt. Natascha hatte Knüppelteig vorbereitet. Wer mochte, nahm etwas davon ab und steckte ihn auf lange Stöcke. Dicht aneinandergedrängt wurden die Stäbe in die Glut gehalten. Außerdem wurden Kartoffeln in Alufolie gewickelt und ins Feuer gesteckt. Das Holz knackte und knisterte. Funken stoben gen Himmel. Leckerer Duft breitete sich aus. Eine gemütliche Atmosphäre entstand, bei der sich selbst Wolfgang entspannte.

„Es ist fast so schön, wie an Weihnachten“, meinte Silke irgendwann, „fehlen nur noch die Geschenke." Da hatte sie etwas gesagt. Augenblicklich war dies das Thema der Runde. „Hör mir bloß auf mit Weihnachten!“, rief Basti genervt, „da hängt man im Kinderhaus rum. Alle dürfen nach Hause, nur wir – Flori und ich – nicht, weil unsere Eltern uns mal wieder vergessen haben. Unsere Betreuer können nicht zu ihren Familien. Sie tun trotzdem immer als würden sie gern bleiben.“ Silke entgegnete: „Sicher meinen eure Betreuer es ehrlich. Es ist doch das Fest der Liebe. Also ich finde die Adventzeit toll. Es riecht angenehm und das Haus wird bunt geschmückt. Überall Lichter, die das Herz erwärmen.“ „Und dann kommt Tante Elfriede und knutscht einen ab, auch wenn man das nicht will“, platzte Kalle dazwischen. Er schüttelte sich vor Unbehagen. „Aber Stollen und Lebkuchen schmecken in der Zeit am besten“, fügte Klaus hinzu, „nicht zu vergessen der knusprige Entenbraten.“ Sogleich geriet er ins Schwärmen und wie man den Braten am besten zubereiten sollte. Einige Erwachsene gaben ihre Rezepte kund. „Ja“, meinte Conny, „und anschließend ist dir schlecht und du wiegst 10 Kilo mehr.“ Die Anwesenden lachten und stimmten Conny zu. Sissi und Ellen meinten, dass das Beste die Geschenke wären. Micha fand dies auch das Beste in der Adventszeit. Paul hingegen entgegnete: „Mich nervt Weihnachten total. Jedes Jahr gibt es dieselbe Diskussion, wann ich zu wem gehen soll. Am Ende gibt es ein gemeinsames Essen auf neutralem Boden - in irgendeinem Restaurant. Dann tun meine Eltern als wären sie ein Herz und eine Seele. Spätestens auf dem Heimweg allerdings gibt es dann Zoff und mein Vater haut wieder ab. USA, Australien oder sonst wohin. Erst Wochen später kommt er zurück nach Deutschland.“ „Also wir feiern Weihnachten nicht“, sagte Anne, „stattdessen gedenken wir meines verstorbenen Vaters. Es ist sowieso nicht genug Geld für Geschenke da.“ „Das ist bei uns ähnlich“. Bea sprach diese

Worte: „Wir zünden am Heiligabend eine Kerze für Mama an. Am ersten Feiertag gehen wir zusammen zum Friedhof. Am schlimmsten ist diese Zeit für meinen kleinen Bruder. Er kann es immer noch nicht verstehen, warum Mama nicht mehr kommt." Die Anwesenden wurden still. So viel Ernst und Erwachsensein hatten sie nicht erwartet. „Bei uns ist das anders“, durchbrach Tammi die Stille, „die ganze Familie trifft sich bei Oma und wir feiern ein rauschendes Fest. Es wird gesungen und gelacht und viel gegessen.“ Sweta berichtete, dass es bei ihnen auch so ablaufen würde. Allerdings gab es die Geschenke erst zu Silvester. In Georgien kommt der Weihnachtsmann später. Kalle entgegnete darauf, dass er nun endlich wüsste, wie der Weihnachtsmann die ganze Arbeit schaffen würde. Jeder lachte. Anschließend stimmte jemand ein Lied an und die Anwesenden sangen mit. Die Leckereien - Knüppelteig und Kartoffeln - wurden verspeist. Stunden saßen sie beisammen und beobachteten die Funken, die in den Sternenhimmel flogen. Erst spät in der Nacht gingen sie zu Bett.

Der Abreisetag

Am Abreisetag durften die Kinder bis 9 Uhr schlafen. Aufgrund der Ereignisse und Verletzungen der vergangenen Tage, hatte Wolfgang festgelegt, dass die Besucher weder in den Hühnerstall noch sonst wohin gehen durften. Jedwede Aktivität erschien ihm viel zu gefährlich. Keine weiteren Risiken. Natascha würde für alle Frühstück zubereiten. Sie zauberte wieder lauter Köstlichkeiten - herzhaftes Rührei, Spiegelei, Omelett und vieles mehr. Vergnügt nahmen alle Platz. Wie selbstverständlich gehörten auch Evi und Mona dazu. Munter wurde gegessen, getrunken und geredet. Am Ende kam Natascha mit einem Korb mit den Brötchen, die sie am Vortag hergestellt hatten. Das Verteilen wurde zelebriert wie ein Gewinnspiel. Natürlich mit dem entsprechenden Hinweis auf Vorsicht. Schließlich wurde ein Ring vermisst, den Sissi beim Teigkneten verloren hatte. Wer würde das Schmuckstück entdecken? Die Spannung stieg mit jedem zerbröckelten Brot, in dem nichts gefunden wurde. Leider blieb es ein Geheimnis, denn keines der Brötchen enthielt das gesuchte Objekt!! Nun gab es großes Rätselraten. Wo könnte der Ring geblieben sein? Sissi war untröstlich. Das war ihr Lieblingsring. Die Unruhe wurde so groß, dass der geplante Tagesablauf geändert werden musste. Eigentlich sollten alle zuerst ihre Sachen packen und die Betten abziehen. Stattdessen ging die Mannschaft nun auf die Suche. Es hätte ja sein können, dass der Ring einfach nur herunterfallen war oder woanders verloren gegangen war. Jeder Winkel wurde unter die Lupe genommen. Evi und Mona holten sogar den Hund. Ihm wurden Ellens

Sachen unter die Nase gehalten. Der Schnüffelte daran und rannte dann los. Etliche Kinder hinterher. Mona kämpfte damit, die Leine zu halten. Dank der Hilfe der anderen, die zugriffen, konnte sich der Hund nicht losreißen. Nach einer wilden Runde über den Bauernhof mussten sie sich aber eingestehen, dass das Tier keine Hilfe war. Dem Hund gefiel es schlicht, so viel Aufmerksamkeit zu bekommen. Es war für ihn nur ein Spiel. Die Suche blieb somit bedauerlicherweise ohne Erfolg. Sissi war am Ende völlig verzweifelt. Anscheinend war der Ring für immer verloren. Erst gegen Mittag gab es den erlösenden Hinweis. Helga Krümling hatte sich telefonisch vom Krankenhaus aus gemeldet. Sie hatte sich einen Zahn abgebrochen, weil sie auf etwas Hartes gebissen hatte. In ihrem Brötchen befand sich das gesuchte Schmuckstück. Die letzten Krankenbesucher – Mitarbeiter des Hofes – hatten Hausgemachtes und frisch Gebackenes mitgebracht. Offensichtlich war vergessen worden, Bescheid zu geben, dass ein Ring vermisst wurde, der vermutlich in eines der Brötchen eingeknetet worden war. Wolfgang schickte daraufhin jemanden zur Klinik, um das Fundstück abzuholen.

Sissi war nun überglücklich. Fortwährend betrachtete sie das Schmuckstück an ihrem Finger. Beinahe ein Wunder, dass es wieder gefunden worden war.
Inzwischen war es Mittagszeit geworden. Köstliche Speisen wurden aufgetischt. Das Herumrennen hatte hungrig gemacht. Daher blieb kein Krümel übrig.

Nach dem Essen tollten viele Kinder in der Scheune herum. Natürlich gab es auch ein Fußballspiel. Conny und Silke waren selbstverständlich mit von der Partie. Sogar einige Mitarbeiter des Hofes mischten sich unter die Spieler. Leider gab es ein paar Stürze, aber keine ernsthaften Verletzungen, weswegen hätte ein Krankenwagen gerufen werden müssen. Die Wunden wurden mit Pflaster und Binden versorgt. Trautchen lief mittlerweile nur noch mit einem Verbandskasten unterm Arm über den Hof.

Die Zeit verging wie im Fluge. Letztlich kam der Bus, der sie nach Hause bringen würde. Nun hieß es Abschied nehmen. Dieser fiel ihnen schwer. Die Mitarbeiter des Bauernhofes und die Kinder hatten sich gegenseitig ins Herz geschlossen. Natascha hatte für jeden noch ein Verpflegungspaket mit einem Stück Wurst, Käse und Brot zurechtgemacht. Noch einmal herzten sich alle. Selbst Wolfgang wurde wehmütig. Als er Renate die Hand schüttelte meinte er: „Trotz der ganzen Katastrophen war es nett mit ihnen und den Kindern. Es tut mir wirklich leid, dass wir so viele Änderungen vornehmen mussten. Vielleicht besuchen sie uns noch einmal. Dann könnten wir neu anfangen.“ „Ich bin sicher, dass die Schüler diese Klassenfahrt in guter Erinnerung behalten werden“, antwortete Renate. Wenn sie sich aber die 6c so betrachtete und an diejenigen dachte, die im Krankenhaus waren, hoffte sie, dass die Eltern dies auch so sehen würden.

Schon war das Verladen der Taschen und Koffer erledigt. Der Busfahrer forderte freundlich zum Einsteigen auf. Als er losfuhr, drängten sich die Schüler an die Fensterscheiben und winkten bis der Bauernhof nicht mehr zu sehen war. Lange Zeit war es still im Bus. Eine gedrückte Stimmung. Stefan ergriff die Initiative und befragte die Kinder, was ihnen in den drei Tage gefallen hätte. Tatsächlich fand jeder etwas, das er mochte, angefangen vom Polizeiwagen, über das Lagerfeuer bis zum Brotbacken war alles dabei. Nicht zu vergessen das leckere Essen. Mit einem Mal gestanden sie sich ein, dass dieser Ausflug toll gewesen war. Ganz anders als erwartet. Einfach schön und entspannend. Kalle posaunte heraus: „Und zwei verliebte Pärchen mehr haben wir nun auch." Dabei blickte er zu Anne und Paul sowie Conny und Klaus. Alle wandten sich zu den vieren um, es wurde gekichert und vereinzelt gejohlt. Anne und Conny wurden rot. Klaus meinte keck: „Klar, Conny und ich sind ab jetzt ein Paar. Stimmt's?" Conny hätte sich beinahe verschluckt und hustete. Paul schaute Anne an. „Warum nicht? Ich bin dafür, dass wir zusammen gehen", meinte er. Anne lächelte ihn schüchtern an. Renate und Stefan lenkten rasch von der peinlichen Situation für die vier Genannten ab.

Bald waren sie an der Schule angekommen. Die Eltern warteten schon. Renate schaute durch das Fenster des Buses nach draußen und atmete tief durch. Gleich würde sie den Eltern einiges erklären müssen. Schließlich waren sie nicht nur weniger als bei der Abreise, sondern die Verbliebenen waren zum größten Teil verletzt, auch wenn es meist nur Kratzer waren. In Gedanken war Renate bereits mehrfach die möglichen Diskussionen durchgegangen. Einige Formulierungen zur Verteidigung hatte sie sich schon zurechtgelegt.

Renate stieg zuerst aus, anschließend die Kinder. Fast jeden zierte ein Pflaster oder eine Binde. Als Ellen mit ihrem Kopfverband den Bus verließ, gab es kein Halten mehr. Aus der anfänglichen Freude der Wartenden wurde Ernst. Fragen kamen auf: „Was ist passiert?" „Wo ist Hannah?" „Und Leon?" „War Torsten nicht auch dabei?“ Mit bedachten Worten stand Renate nun Rede und Antwort. Sie war bemüht die Entstehung der Verletzungen zu erläutern. Die Eltern sollten das Geschehene nicht überbewerten. Kratzer im Umgang mit Tieren seien ganz normal. Die Geschichte mit dem Traktor behielt sie aber vorerst für sich. Die Anwesenden waren ohnehin schon aufgeregt genug. Ein Fehler, wie sich zeigte. Als Kalle begann, vom Polizeiwagen zu schwärmen, horchen die Eltern auf. Was war los gewesen? Hatte Renate ihnen etwas verheimlichen wollen? Stefan rückte mit der Sprache heraus, dass die Polizisten wegen vermisster Pferde Untersuchungen angestellt hatten. Viele Eltern fanden kein Verständnis dafür. Die Reise hätte abgebrochen werden müssen, meinten sie. Das Mindeste wäre eine Information von Renate gewesen. Nicht auszudenken, wenn eine Verbrecherbande ihr Unwesen auf dem Bauernhof getrieben hätte. Mit Nachdruck wiesen Renate und Stefan darauf hin, dass sich am Ende herausgestellt hatte, dass es ein Kinderstreich war. Das beruhigte aber keinen wirklich. Erst als die Kinder berichteten, was für eine tolle Reise das war, von den Leckereien und den Erlebnissen, entspannte sich die Lage etwas.

Der Busfahrer hatte unterdessen das Gepäck ausgeladen. Er war heilfroh, dass er unbeschadet davonkam und machte sich zügig aus dem Staub.

Die Zurückgeblieben diskutierten weiter. Renate und Stefan beteuerten weiterhin, dass Hannahs Sturz und Leons Verletzung wirklich nur unglückliche Zufälle gewesen waren. Zu keiner Zeit hätten sich die Kinder in Gefahr befunden. Drei Erwachsene hatten gemeinsam entschieden, die Reise fortzusetzen. Am Ende gingen sie auseinander mit der Festlegung, dass die Klassenfahrt noch einmal ausgewertet werden würde, ohne die Kinder.

Der erste Schultag danach

Als Renate am ersten Schultag nach der Klassenfahrt den Schulhof betrat, waren schon einige Kinder der Klasse 6c anwesend. Sie sprachen mit den Schülern der anderen Klassen. Kaum hatte Renate gegrüßt, wurde sie unerwartet in das Gespräch einbezogen. Sie lauschte den Erzählungen. Natürlich waren die vergangen Tage das Thema. Die Klasse 6b hatte auf dem Weg nach Budapest eine Panne mit ihrem Bus gehabt. Nach sechs Stunden Wartezeit in der brütenden Hitze war endlich der Ersatzbus eingetroffen. Spät in der Nacht erreichten sie nach stundenlangen Staus ihr Ziel. Die Zimmer waren spartanisch eingerichtet und entsprachen so gar nicht ihren Vorstellungen. Das Essen schmeckte zumindest. Des Weiteren war die Stadtrundfahrt anstrengend und öde gewesen. Kultur, Mauern, Denkmäler, Brücken. Nicht gerade das, was Schüler in diesem Alter interessiert. Zudem gab es Probleme mit den Hop-On-Hop-Bussen. Zum Glück fuhren alle Busse die gleiche Richtung und hielten an denselben, festgelegten Haltestellen. Man konnte zudem jeden Bus benutzen, so oft man wollte. Einmal hatten nicht alle Schüler hineingepasst und die Gruppe wurde getrennt. Kurz darauf waren ein paar von ihnen zu früh ausgestiegen. Letzteres wiederholte sich leider. Ein anders Mal hatten sie den Bus an der falschen Haltestelle verlassen. Somit waren sie ständig mit Suchen, Telefonieren und Warten beschäftigt. Budapest bei Nacht auf einem Schiff fanden sie dafür gut. Endlich konnte man sich ausruhen. Dann hieß es aber auch schon Koffer packen, weil der Rückreisebus sehr früh startete.

Bei der Klasse 6a war auch nicht alles nach Plan verlaufen. Das Krimidinner hatte nicht stattfinden können, da der Hauptdarsteller krank war und es keine Vertretung gab. Beim Floßbauen hatte es geregnet. Sehr ungemütlich und kalt. Insgesamt gesehen waren sie froh, wieder zu Hause zu sein. Nur die 6c berichtete, dass sie traurig war, dass ihre Reise zu Ende war. Gern wären sie noch länger geblieben. Je mehr sie erzählten, umso erstaunter wurden die Zuhörer. Es gesellten sich immer mehr interessierte Kinder dazu. Ungläubig fragten einige immer wieder nach: „Ein echtes Verbrechen mit echten Polizisten!?!“ „Und einige von euch sind wirklich mit dem Traktor abgehauen!?“ „Das ging doch zu weit!?“ „Der Ring war in dem Brötchen, das zum Krankenhaus gebracht wurde?!“ „Nicht zu fassen!“ „Mann, bei euch ist immer etwas los!“

„Können wir unsere nächste Klassenfahrt nicht auch mit ihnen machen, Frau Schmidt?", fragten einige Schüler letztlich, „bei ihnen gibt es immer tolle Abenteuer zu erleben."
Renate wurde nachdenklich. „Wenn ich es mir so recht überlege“, entgegnete sie, „ das war tatsächlich wieder eine unvergessliche Reise.“

* * *